(Par Estève, d'après Barbier)

S. 1224.
1.

EXAMEN
D'UNE BROCHURE
qui a pour Titre : *Caroli Le Roy, è Regiâ Scientiarum Societate Monspeliensi, de Aquarum mineralium naturâ & usu. Propositiones praelectionibus academicis accomodatæ.*

O curas hominum ! ô quantum est in rebus inane ! *Perf. Sat. 1.*

A MONTPELLIER,
De l'Imprimerie de JEAN MARTEL, Imprimeur du ROI, & de Nosseigneurs des Etats-Généraux de Languedoc.

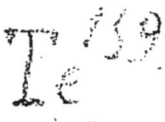

M. DCC. LVIII.

AUX MANES
DE BAGLIVI.

TRE'S-HONORE' MORT,

C'est à vous que l'on doit cet Ouvrage ; c'est le fruit de vos refléxions, on y abandonne l'Ecole de Villanova (*) pour suivre celle d'Hypocrate, & c'est sur vos fondemens qu'on tâche d'y perpetuer la saine doctrine des Lomnius & des Sydenham : Puisse-t-elle trouver dans la suite des Défenseurs aussi zèlés.

Je suis avec soumission,
TRE'S-HONORE' MORT,

> *Vôtre très-humble*
> *& très-obéissant*
> *Serviteur,*

(*) Arnaud de Villeneuve, Médecin du quatorzième siècle, est un fameux Chef de Secte, tant en Médecine qu'en matière de Réligion : il se mêloit de Science secrette ; il lia la Médecine avec l'Alchimie.

AVANT-PROPOS.

LE Public a reconnu depuis quelque tems la néceſſité de multiplier les Ouvrages polémiques, il les reçoit favorablement, & ſe plaint de la quantité d'Auteurs & du peu de Critiques ; mais il faut, pour tirer avantage de ces derniers, qu'aucun motif d'animoſité ne les excite, & que la recherche de la vérité guide leurs démarches. La ſatire péche contre l'humanité, elle repréſente quelquefois les tableaux ſous des perſpectives ſéduiſantes, & l'on y ſoumet l'eſprit par la tournure que l'on donne aux ſujets : la critique au contraire, expoſe les défauts tels qu'ils ſont, & cache ceux qui pourroient ternir la réputation. Les *Michelange*, & tant de célèbres, Peintres s'y ſont ſoumis : qu'un Auteur prouvé la droiture de ſon jugement, en faiſant accueil à ceux qui peuvent le déprévenir de ſes erreurs.

J'ai vû des Artiſtes qui demandoient l'avis des Spectateurs ſur leurs Ouvrages pour goûter le plaiſir de la flatèrie, qui combattoient, à tort & à travers, toutes les opinions qui n'alloient pas à leur but : mais ce n'étoient pas de grands hommes, il étoit facile d'en décider par l'Ouvrage & par la Réponſe. M. tel (diſoient-ils) a trouvé ce morceau bon, & cependant il ne vous plaît pas ? Quelle défaite ! Eſt-ce que le jugement de l'homme doit être aſſervi, & que le goût naturel ne prévaut pas aux décisions des Maîtres?

C'étoit le sentiment de *l'Abbé Duclos*, un des plus grands hommes de son siècle, que le Public est le Juge le plus clairvoyant des Ouvrages d'esprit; mais il demandoit que son goût fût soutenu : il avouoit qu'on pouvoit en imposer par les termes tirés des arts, & forcer les Critiques au silence, mais qu'on ne pouvoit convaincre & détruire une manière d'instinct qui nous porte naturellement à dire cela ne vaut rien, parceque nos sens en sont irrités, en un mot, parceque nous sentons qu'il déplaît à nos sens.

C'est cette espèce de soulevement intérieur qui révoltera nécessairement tous ceux qui s'appercevront combien dans l'Ouvrage qu'on censure ici, l'on fait peu de cas de la doctrine d'Hypocrate, de Sydenham & de Baglivi, c'est-à-dire, de la Médecine d'observation, puisqu'on préfére une Secte nouvelle de Pnéumatiques (*a*) & qu'on fait dépendre la vertu des Eaux minérales, des principes aëriens, & de nombre d'autres hypothéses.

Je sçai que Mr. Le Roi ne s'en dit pas Auteur (*b*), qu'il n'a fait que ramasser; mais c'est en cela que nous devons nous opposer davantage à cette doctrine, puisque le *venin gagne*, & que son Ouvrage doit servir de cayer à nombre

(*a*) Le terme de Médecin pnéumatique, est ici dans un sens différent de ce qu'on le prend dans l'Histoire de la Médecine.

(*b*) *Quin imò dissertationes quæ de singulis conscripta sunt hùc illùc sparsa, &c.* Proemium.

d'Auditeurs, qui tiendront dans peu une place parmi les Médecins ; & que Mr. Le Roi prend le ton dogmatique & sententieux (c), de manière à surpasser Hypocrate même en ce genre.

Pour donner à entendre le peu de solidité qu'il y a d'établir une pratique sur des fondemens aussi peu solides que l'analyse, entrons dans quelque détail.

Les molécules des corps qui sont les principes des médicamens, ont une configuration particulière qui les rend propres à produire des effets déterminés sur le Corps humain, & cet effet varie à raison de la configuration ; aussi l'expérience prouve-t-elle que le sel d'Epsom a des propriétés différentes du sel marin & du sel de glauber qui le composent, & du mélange de sel marin & de sel de glauber ; qu'en vertu de la combinaison qu'ont ces deux sels primordiaux dans le sel d'Epsom, ce dernier donne un teint bleu à l'infusion de fleurs de violettes, qu'il fait un coagulum avec l'esprit de vin, & qu'il est susceptible d'une crystallisation particulière ; que les effets du borax brut sont différens en quelque manière, de ceux du borax affiné ; peut-être autant que les crystaux de ce premier sont différens de ceux de ce dernier (d).

(c) *Nec inutile duximus, si prima hujus doctrina elementa brevibus concluderemus sententiis quæ materiem prælectionibus nostris suppeditarent.* Proemium

(d) Le borax brut n'est point émétique, comme le borax affiné.

Si donc les substances æthérogènes des Eaux minérales, sont susceptibles de s'unir & de se combiner, on s'appercevra que quand on n'en admettroit que vingt-quatre, les combinaisons en seroient indicibles, & varieroient autant que celles de l'alphabet.

Jusqu'ici nous avons supposé que les analyses étoient réelles ; prenons une autre route, faisons voir qu'elles sont infidèles. Les Médecins *d'Edimbourg* ont eu occasion de s'en convaincre : ils ont observé des stalactites d'alun aux fentes des rochers d'où découloient les Eaux ; ils ont trouvé à l'Eau les facultés styptiques & purgatives de l'alun, & l'analyse n'a pû l'y démontrer. Les Chimistes auroient beau dire qu'il y avoit dans ces Eaux un alkali qui décomposoit l'alun , puisque le sel de duobus ou le sel analogue qui résulteroit de cette combinaison, ne seroit point styptique.

Pour faire voir encore l'infidèlité des analyses, examinons si les Chymistes sont d'accord. Regis trouve de l'acide dans les Eaux de Balaruc, Mr. Le Roi n'y en trouve pas. Mr. Chomel trouve du nitre dans les Eaux de Vic-le-Comte ; Mr. Borie du fer dans les Eaux de Cauterés ; Mr. James de l'orpiment dans plusieurs Eaux minérales ; Berthemin du plomb dans celles de Plombières, & Mr. Le Roi, ou n'y trouve point de ces minéraux, ou n'en fait point mention : & si nous voulons combattre les Chymistes par leurs propres paroles, nous trouverons que M.
Duclos

Duclos, lorfqu'il ne pouvoit découvrir des principes fixes, étoit forcé de convenir que les principes ne peuvent être foumis aux expériences.

On réconnoît dans les Eaux minérales, l'alun,
le foufre, le bitume, le vitriol de mars, le vitriol
de chypre, le fel marin, le fel de Glauber, la
felenite, le plomb (e), l'orpiment (f), les terres
alkalines (g), les terres abforbantes, argilleufes,
calcarées, crétacées (h), le nitre, & des principes fpiritueux; cependant l'on ne peut, en fup-
pofant ces principes à gré, expliquer les propriétés des Eaux minérales particulières.

Continuons de faire voir l'infuffifance des analyfes. Les fubftances ne donnent pas toûjours les
fignes ordinaires de leur préfence, puifque, felon
l'aveu de Mr. Le Roy, les Eaux de Cauterés
contiennent du fer, & qu'on ne peut l'y démontrer, & la plufpart de ceux qu'on regarde comme certains, font équivoques; car les parties ani-

---

(e) Je ne fçai pourtant s'il eft réellement vrai qu'il y ait du
plomb dans les Eaux minérales médicinales, & fi les Eaux
n'en feroient point pernicieufes; les Beftiaux qui paiffent
autour des mines de Derbyzhire, périffent par la feule
odeur que répandent ces mines, & il leur furvient des foi-
bleffes, des tiraillemens de ventre funeftes.

(f) Lorfque l'orpiment eft étendu dans beaucoup de
véhicule, il n'eft pas dangereux; Mr. Didier en fit l'expérience fur les Forçats.

(g) Les terres calcarées font des pierres à chaux à demi
calcinées: on en trouve dans certaines Eaux minérales qui
en enduifent les foûterrains par où elles paffent. Mr. Geofroi
a trouvé de l'argille dans les Eaux de Plombières.

(h) On appelle ainfi celles qui attirent les acides.

B

males pourries altèrent la couleur de l'argent, comme le foufre ; & le vitriol mêlé avec le fel d'Epfom, & jetté fur les charbons ardens, répand non-feulement une odeur de foufre, mais donne encore une flamme couleur d'azur

Quelques Chimiftes, voyant l'infuffifance des principes fixes, font obligés de recourir à des principes fpiritueux, qui rendent certaines fubftances diffolubles dans l'eau ; car, comment expliquer pourquoi quelques Eaux minerales bitumineufes laiffent furnager le bitume à mefure qu'elles s'éventent ? Et pourquoi d'autres dépofent - elles le fer lorfqu'elles font expofées à l'air ? Et n'eft-ce point avouer que les principes échappent aux recherches, que de reconnoître ces fubftances volatiles ?

Ces preuves fuffiront (je crois) pour convaincre d'infuffifance les analyfes chimiques, & ce feroit fe montrer d'un mauvais côté, que de ne pas s'y rendre ; d'autant mieux, que le fentiment que l'on établit ici eft celui des plus célèbres Praticiens des nos jours (i).

Mr. Le Roi croit que le fiècle n'eft heureux(κ), & qu'on n'a connu la propriété des Eaux minérales, que depuis qu'on s'eft appliqué de plus près à faire des analyfes ; il feroit cependant bien en peine de citer un feul Ouvrage de chymie

(i) Mr. Fizes, dans fes préleçons de chymie, s'étend fur la fauffeté des analyfes ; & il accufe les Chymiftes de faire du Corps humain un fourneau de chymie.

(κ) Sæculi felicitas. Procmium.

qui ait appris quelque chose là-deffus aux Praticiens. Lorfqu'ils veulent raifonner fur les principes des Eaux minérales , ils n'admettent que
ceux qui font réellement fenfibles , comme les
marcafites , pyrrites & concrétions qu'on trouve
aux environs des fources , & quelques autres
qu'on reconnoît par les principaux effets des
Eaux, en fondant la théorie fur la pratique, &
non pas la pratique fur la théorie.

Les jeunes Médecins , dira quelqu'un , feront
fort embarraffés pour avoir les premières connoiffances de la vertu des Eaux minérales particulières ; mais n'ont-ils pas les confultations & les
écrits des Praticiens ?

L'effentiel pour un Médecin , eft de s'atta-
cher à bien obferver les effets des médicamens ;
& quand on connoîtroit tous les principes des
Corps , on ne connoîtroit pas pour cela leur manière d'agir. Quelle erreur, que de s'imaginer
qu'un Chymifte, de fon fourneau en hors,
trouve des remèdes , puifque les circonftances
changent un médicament en un poifon, tandis
que d'autres fois les poifons deviennent les meil-
leurs remèdes !

Je n'ai qu'à rappeller les défordres caufés par
les Chymiftes. Que des maux n'ont pas occa-
fionné les fels volatils de Silvius d'Eleboé ,
les effences chymiques , le baume anti-apoplecti-
que, &c. car , comme le remarquent Simon Pauli
& Hofman , ils nuifent à l'eftomac , caufent des ardeurs , defféchent & obftruent

les viſcères , & ſont des cauſes preſque certaines de la cachexie bilieuſe.

Ce n'eſt point d'aujourd'hui que l'on connoît que les analyſes des médicamens qu'a fait Mr. Géofroi, ſont la partie inutile de ſon Livre, & qu'elles n'induiſent qu'à beaucoup de doutes & de diſputes ; enfin, que *Carthuſer* ſe fondant ſur la théorie des diſſolvans, bannit de la matière médicale , le ſoufre , le mercure doux (*l*) ; & doute des vertus du fer ; tandis que le premier donne une odeur fétide à la tranſpiration, que *Barbeyrac* faiſoit ſaliver avec le ſecond , & que le dernier augmente ſenſiblement la force du pouls.

Il ſemble qu'il ſeroit à propos qu'on prît plus de ſoin, qu'on ne fait , de détruire les théories chymiques , vû qu'elles ſont établies ſur des cas particuliers dont on fait des règles générales , & qu'il n'eſt pas d'expérience qui ne laiſſe quelque doute. Ne convient-on pas , par exemple, que les Eaux de Vals contiennent un ſel alkali prédominant, parcequ'elles font efferveſcence avec le vin & avec les acides ? Mais , d'où vient, ſi le vin fait efferveſcence par ſon acide, qu'il ne produit pas le même effet lorſqu'il eſt mêlé à l'huile de tartre, qui eſt un très-puiſſant alkali fixe? Les Chymiſtes ne diront pas que l'alkali des Eaux de Vals eſt volatil ; ils conviennent qu'il ne ſe fait pas d'alkali volatil ſans

_____

(*l*) Il eſt queſtion des vertus] alterantes du Mercure doux.

la putréfaction ; mais ils chercheront, je ne sçai quels principes, qui développent ceux du vin. Que conclure de là ? sinon, que l'alkali des Eaux de Vals suppose pour agir sur nos Corps, que nos humeurs sont à même de se laisser développer ; & nous voilà induits à des spéculations qui ne finissent pas, ou que l'alkali des Eaux de Vals est d'une nature particulière, ce qui n'apprend pas grand chose, ou enfin, que l'alkali n'est pas le seul ingrédient de ces Eaux ; en un mot, que ces Eaux ont des principes particuliers qu'on ne connoît pas.

Fin de l'Avant-propos.

OUVRAGE
SANS TITRE.

L ES Auteurs ont cela de particulier, que lorsqu'ils exposent leurs productions, chaque Lecteur a le droit d'en faire la critique. Un Ouvrage mis au jour est en plein vent. L'on doit donc, en le soumettant à la presse, supposer que lorsqu'il en sortira, ses forces seront assez faites pour soutenir la rigueur de la censure. Le Public ne pardonne point aux Essais, & ne se laisse fléchir ni en faveur de l'âge, ni en faveur de l'émulation, il veut des espèces réelles. C'est sur ce fondement que nous ferons l'examen du Traité de Mr. Le Roi ; examen qui ne sçauroit être trop rigoureux, puisqu'il ne l'a composé que pour des Instructions académiques : il ne sçauroit d'ailleurs attendre de nous quelque condescendance, puisqu'il a dédaigné de se donner le titre de DOCTEUR EN MÉDECINE, & qu'il a préféré

celui d'*Adjoint de la Societé Royale*, qui , fans-dou-
te , annonce beaucoup mieux.

Mr. Le Roi débute par la divifion triviale des
Eaux minérales , en thermales & en froides (*a*) ;
mais il donne dans le défaut condamnable de
ne pas connoître les Anciens : il ignore fans-
doute, que les premières font défignées dans tous
les Auteurs qui ont écrit avant le renouvelle-
ment des Lettres , fous le nom de Bains chauds
& de Bains naturels ; que cette divifion eft il-
lufoire , le nom d'eau chaude paroiffant indiquer plus d'énergie dans les médicamens aux-
quels on les donne ; tandis qu'il eft des Eaux
froides très-actives , comme font celles de Vals ,
& des Eaux chaudes très-foibles , comme celles
de Tœplits.

Il établit enfuite trois claffes d'Eaux minérales , les falines , les martiales & les fulphureufes : mais , cette divifion ne comprend point les
principales fubftances réconnues par les Chymiftes dans les Eaux minérales ; car l'orpiment,
le cuivre , les terres calcarées, les terres argilleufes, &c. ne font ni des fels , ni du fer , ni du
foufre : Et à propos de quoi n'admet-il de toutes
les terres abforbantes , que cette efpèce qui tient
du fel des Fontaines , & qui eft fufceptible de
cryftallifation ? Mais, ce qui furprend, c'eft qu'il
ait foi à des connoiffances *futures* de la vertu de

_____

(*a* , On appelle Eaux thermales, celles qui font chaudes à
la fource, fans prendre le terme dans fa première acception,

la

la felenite ; tandis que des obfervations fans nombre ont appris que les meilleures Eaux minérales en font dépouillées , foit à la faveur de la raréfaction , qui rend la gravité fpécifique des Eaux beaucoup moindre , foit en vertu des fels alkalefcens qu'elles contiennent , & que l'ufage des Médecins du nord eft de mêler de l'huile de tartre à l'Eau dont on fe fert pour les bains, afin d'en précipiter la felenite , & rendre ces bains plus propres à remplir les indications pour lefquelles on les employe. Ne fçait-il point que l'Eau de Rivière eft préferable à l'Eau commune, parcequ'elle contient moins de felenite ? Que les Fontaines dont les Eaux brillent au Soleil, ne grumèlent point le favon, font nuifibles à l'Homme, propres à engendrer les vifcofités , & à porter obftacle à la cure des maladies fcrophuleufes, qu'elles procurent même ?

Je vais plus loin ; non-feulement la divifion de Mr. Le Roy eft infuffifante, mais elle ne peut conduire qu'à une mauvaife Médecine-Pratique, puifqu'il renferme dans la même claffe, des Eaux qui rempliffent des indications oppofées. Celles de Balaruc, par exemple, font pernicieufes dans les maladies des reins, où la furcharge eft à craindre à caufe de l'affluence du fang que les ftimulans y déterminent, & de la fituation des artères émulgentes; tandis que la plûpart des Eaux acidules, raffraîchiffantes, y font appropriées pour détruire les réftes des vifcofités , & les petits graviers qui donnent lieu aux coliques nephre-

C

tiques, & pour prévenir les nouvelles attaques.
Les premières font falutaires dans les paralyfies
récentes fymptomatiques du vice des premières
voyes; les fecondes y font nuifibles, & les der-
nières conviennent à cette efpèce de paralyfie locale, appellée goutte fereine chaude, où les
nerfs de la rétine font comprimés par les vari-
cofités, ou defféchés & atrophiés par une matière acre & corrofive, où les autres ne feroient
qu'augmenter la maladie.

La divifion des Eaux minérales en naturelles
& artificielles, eft unique: on n'a jamais trouvé
cette dernière drogue dans la boutique des Ap-
poticaires. Comment Mr. Le Roi pourroit-il
foutenir, après une pareille divifion, qu'il a connu le faux des analyfes, puifqu'il donne aux
Chymiftes la voye de la fynthèfe? On donne le
goût de bitume à l'Eau commune, avec le bitume artificiel; le goût acidule avec le foïe de
foufre & l'efprit de vitriol martial; celui du fer
avec le fel de mars, & l'odeur des Eaux fulphureufes avec le foïe de foufre: mais on n'a
jamais pû imiter parfaitement le goût & l'odeur
des Eaux minérales particulières; quoiqu'à dire
vrai, quand on l'imiteroit, on ne feroit pas plus
affuré de l'identité des propriétés, fi on n'avoit
pas d'autre certitude; car, l'opium eft d'une
amertume exceffive, & cependant il nuit à l'eftomac & dérange les fécrétions.

Mr. Hofman, je le fçai, n'a pas oublié de
rapporter plufieurs de ces Eaux artificielles;

mais il n'y a pas apparence qu'il ait voulu leur donner une place dans la matière médicale : je pense même que s'il eût écrit en langue vulgaire, il auroit supprimé cet article, crainte de n'en donner connoissance à ces espèces d'hommes que l'attrait du gain ne porte que trop à la sophistication.

Je ne sçai d'où le Peuple tient que les Chymistes peuvent réconnoître par l'analyse, les simples qui entrent dans un mixte ; tandis qu'ils ont peine à découvrir quelques sels & quelques principes élementaires qu'ils produisent même le plus souvent dans les opérations, & qui souffrent vrai-semblablement des combinaisons, comme on peut s'en assurer par les proprietés particulières de l'esprit de sel armoniac tiré par la chaux.

Je consens qu'on leur passe de réaliser ce que l'imagination leur suggère : Mais, comment pourroient-ils rétrouver les végetaux qui sont entrez dans la composition des médicamens, tandis que les plus fameux Botanistes ont souvent peine à réconnoître les plantes rabougries, & celles qui ont séché sur pied ? Reste-t-il quelque chose de la contexture du simple dans les onguents & dans les emplâtres ? Les analyses du chou cabus (*b*) &

(*b*) Cette remarque est de Mr. Fizes. Nous avons pensé qu'il convenoit de parler d'après ce Sçavant Praticien, afin de donner plus de valeur à nos reflexions. Le *solanum maniacum* est un poison.

du *solanum maniacum*, ne donnent-elles point les mêmes fubftances ?

Je dis bien plus ; les minéraux font dénaturalifés par l'application de l'eau & du feu ; le fel marin perd par la chaleur des thermales, une partie de fon acide, & il s'en faut bien, lorfqu'on jette de l'efprit de vitriol fur le fédiment des Eaux de Balaruc, qu'il s'élève des vapeurs, comme fi ce fel étoit parfait. *Carthufer* a obfervé que fi on fait bouillir du fel marin dans l'Eau commune, on apperçoit une fumée épaiffe qui eft chargée d'une partie de l'acide de ce fel ; & il eft certain que quoique la chaleur des Eaux thermales foit inférieure à celle de l'Eau bouillante, elle peut cependant, par fucceffion, produire le même effet ; car quoique le degré de chaleur du Corps humain dans le cas de fièvre, foit inférieur à celui qui fait cailler la lymphe au feu, il eft quelquefois fuffifant pour l'épaiffir, & caufer des embarras aux vifcères.

Examinons maintenant les moyens dont on fe fert pour analyfer les principes des Eaux minérales. On croit réconnoître le fer par l'altération de leur couleur, en y mêlant de la poudre de noix de galle ; mais les effets du fer fe manifeftent dans les Eaux de Cauterés, & cependant on n'y apperçoit pas cette altération. Qui peut d'ailleurs fe fier aux couleurs ? *Nimiùm nè crede colori*, dit le Poëte Latin. Eft-ce que le fuc des bayes de fureau ne noircit point la teinture des noix de galle ? Et peut-on foupçonner que cet effet dépende du fer ? Les preuves les plus certaines de la préfence du fer dans les Eaux minérales, font celles qu'on prend des obfervations de Médecine - pratique ; il fe manifefte par les déjections noires, accompagnées de laffitudes & de refferremens qui diminuent par l'exercice modéré, & qui font fuivies de conftipation.

En fecond lieu, l'Auteur prétend qu'on réconnoît le foufre par l'altération de la couleur de la lame d'argent : mais outre qu'on réconnoît le foufre dans plufieurs Eaux minérales, par leur vertu déterfive, expectorante, fondante & réfolutive, fans qu'elles altèrent l'argent, Mr. Dufau nous fait obferver que les piaftres qu'on retira de la vafe de la Mer, lorfque les galions coulèrent à fond devant Vigo, y avoient noirci.

On détermine la préfence de l'acide, par la couleur rouge que les Eaux donnent au papier bleu ; mais, felon ce fyftême, le fuc de confoude qui eft infipide, & l'alun qui eft un fel neutre parfait, feroient des fubftances acides.

L'exaltation de la teinture de rhubarbe & des purgatifs, quand on les met à infufer dans les Eaux minérales, ne prouve point la préfence des fels ; la pureté & la chaleur des Eaux fuffifent à rehauffer cette couleur.

Venons-en au mélange de l'efprit de vin : On l'employe pour aider à la cryftallifation des fels, & pour féparer le bitume ; mais il détache & purifie, pour ainfi dire, les premiers, & les fait paroître fous de nouvelles formes ; il défunit quelquefois les parties du fel d'Epfom, comme le remarque Mr. Dufau ; d'autres fois il s'unit avec eux, & forme un coagulum.

La cryftallifation des fels paffe pour un moyen affuré de les réconnoître ; mais, outre qu'on y parvient difficilement, elle n'inftruit pas beaucoup. Le fel d'Epfom fe décompofe quelquefois, & les fels mixtes qui étoient méconnoiffables, fe féparent & paroiffent fous la forme de ceux qui les compofoient ; c'eft ce qu'a obfervé le même Mr. Dufau fur les Eaux de Dax ; il n'en eut que des cryftaux informes, qui, par l'addition de l'efprit de vin, parurent des cryftaux de fel marin bien diftincts : & cependant Mr. Dufau convient qu'il n'y avoit dans ces Eaux que du fel d'Epfom. Mais, voici une preuve à laquelle on ne fe refufera pas ; je la tiens de Mr. Geofroi. Lorfque le borax eft impur, fes cryftaux font des hexaëdres très-irréguliers ; & lorfqu'il eft affiné, ce font des octoëdres réguliers : le mélange des fubftances æthérogènes altère donc la cryftallifation.

Paffons aux précipités. Il eft plufieurs moyens pour faire dépofer les fubftances aux Eaux minérales ; on y mêle de la diffolution d'argent de coupelle : Qu'arrive-t'il ? L'argent fe précipite avec les fubftances, puifqu'en mettant le précipité dans un creufet, on y apperçoit fenfiblement une lune cornée, & on a par conféquent des fubftances confufes qu'on ne peut démêler., & que l'argent entraîne par fon poids : d'autres fois on fe fert du fucre de faturne, mais les réfultats font les mêmes ; & en expofant le précipité au feu, on a du minium.

On y mêle de l'huile de tartre par défaillance, qu'on voit fenfiblement tomber avec toutes les fubftances qui nageoient dans l'Eau ; car, outre que cela paroît par fa couleur, l'Eau n'en eft pas moins infipide à la furface ; & fi l'on y verfe de l'efprit de vitriol coloré, on verra que l'effervefcence commencera à fe faire dans le fédiment.

Finiffons par les principes fpiritueux. En reconnoître, c'eft convenir de l'infuffifance des analyfes : on ne peut en déterminer la nature ; & les deux expériences qu'apporte Mr. Le Roy, font des expériences d'école. La première, c'eft que fi on adapte une veffie au coû d'une bouteille, où il y a certaines Eaux minérales, comme de celles de Vals, la veffie s'enfle peu-à-peu.

La feconde, que fi au lieu de la veffie, on bouche la bouteille avec le pouce, & qu'on la fécoue, l'on entend une efpèce de fiflement. Toutes les liqueurs qui font un peu actives, le Vin de Champagne & la Bière produifent les mêmes effets.

L'on fçait que lorfque l'air fort des liquides, où il étoit decompofé en fes élemens, il prend une nouvelle combinaifon, qui lui fait occuper vingt & trente fois plus d'efpace,

& cela en vertu de l'élasticité qu'il réprend ;
& il est connu que le seul mouvement des
pricipes un peu actifs, suffit pour produire ce dévèloppement ; ainsi ces expériences sont fort inutiles, & ne prouvent point la
nature des principes spiritueux.

Il ne manquoit pas de choses à dire à parler
en Chymiste. La chaux qu'on fait éteindre
pousse une fumée pénétrante, & perd beaucoup de sa force en vieillissant : Les acides
mêlés à la chaux, font exhaler une odeur
urineuse : Lalun & le vitriol broyés & mis sur
les charbons ardens, exhalent des vapeurs pé-
nétrantes, & ne laissent qu'une masse insipide :
Le foïe de sourfe, mêlé à l'esprit de vitriol
martial, donne une vapeur subtile, & tant
d'exemples de liqueurs fumantes qu'il auroit pû
rapporter, en n'admettant même que les subf-
tances que les Chymistes ont connu dans les Eaux
minerales. Il y a long-tems qu'on sçait que les
Eaux minerales exportées en sont moins actives.
Que nous apprend de plus Mr. Le Roy ? Igno-
reroit-il que les Chymistes ne sçavent point encore quel est la nature de l'æther ni de l'esprit
recteur, & qu'il n'est guères possible qu'ils nous
fassent accroire qu'ils connoissent la nature des
principes volatils des Eaux minerales, avant
qu'ils ayent déterminé celle de ceux qui tom-
bent mieux sous les sens ?

La chymie est utile à la peinture, à l'or-
févrèrie, aux teintures, à la pharmacie ; elle

peut

peut même fournir quelques lumières à la physique ; mais nous ne devons qu'effleurer cette
partie suivant l'axiome *ubi definit Physicus , ibi in-
cipit Medicus* : elle a droit de se faire honneur
de la régénération du soufre & de celle de
l'alun, des émétiques stibiés , de quelque préparation de mercure , de fer , de plomb ,
de la pierre infernale : mais , peut - on soutenir
qu'elle suffit dans son état actuel, à établir une théorie ? & n'est-elle pas bien en ar-
rière ? La table des affinités de Geofroy , n'est
pas exacte selon *Macquer* ; celui-ci est démenti
par d'autres. Carthuser n'approuve pas les analyses de Lemeri. Où est donc la sûreté des principes ?

Les Chymistes sont outrés dans leurs systê-
mes , & leur prévention surpasse toute créance.
S'imagineroit-on qu'un des plus fameux soutient
qu'on ne sçauroit être Physicien sans être Chymiste , comme si la chymie avoit quelque rélation
avec l'optique , la catoptrique , la statique , les
méchaniques , l'hydraulique , l'astronomie , l'a-
coustique , &c.

Notre partie est la conservation du Genre humain ; tout ce qui nous écarte de ce but n'est,
suivant *Baglivi*, qu'un ornément pour le Médecin : tâchons de nous perfectionner dans la
méthode de guérir , & voyons-en la nécessité
sans sortir de la question. Les bains sulphureux
sont , dit-on, spécifiques dans la gale ; l'expérience démontre pourtant que lorsqu'on les em-

D

ploye fans avoir corrigé les vices intérieurs, l'on conduit à cicatrice les tubercules fuppurans de la peau, & que le fang ne trouvant plus d'émonctoire, il fe fait des dépôts aux vifcères; ce qui s'obferve ordinairement fur les Perfonnes d'une conftitution foible, en qui les forces de la circulation languiffent.

Les douches fur la tête y occafionnent des lourdeurs, y attirent les impuretés, procurent des attaques d'épilepfie, ou fufcitent des paroxifmes, fi l'on en ufe avant le tems convenable, ou lorfque le cerveau eft dans une manière d'atonie, & ne peut réfifter à la raréfaction.

Une bonne pathologie, une femejotique bien entendue, des indications faifies à propos, une matière médicale précife & fuccinte, l'attention au tempérament, aux forces, aux tems de la maladie, c'eft ce qui conftitue le Médecin : il paroît qu'on connoît affez de remèdes, il faut en faire de bonnes applications. Il eft inutile de chercher des fpécifiques, il n'en eft qu'un, c'eft le mercure; il ne mérite même ce caractère, que lorfqu'on en dirige bien l'emploi. Abandonnons donc l'aggrandiffement de la chymie à ceux qui ont le loifir d'y travailler ; contentons-nous de leur repréfenter, qu'ils ne fçauroient mieux y contribuer qu'en banniffant les dénominations emphatiques, & les homonymies. A quoi bon ces noms d'effences & d'efprit bezoardique qu'on donne aux huiles diftillées des plantes aromatiques? Eft-ce que la vertu du fimple

eſt diſtincte du ſimple même ? Et peut-on croire
de bonne-foi , qu'elle ne réſide pas dans les parties intégrantes ? Pourquoi ce nom d'æther , de
liqueur de Frobennius , de vin philoſophique ,
que les Chymiſtes donnent à l'eſprit de vin rec-
tifié par les acides mineraux ? Pourquoi donner celui d'alcool à l'eſprit deflegmé & aux
poudres impalpables , celui d'alneric , d'al-
cebric au ſoufre , &c. ? Pourquoi ces ſignes &
ces caractères myſtiques (c) ? Peut-on être in-
intelligible comme Becher , & la plûpart des
Chymiſtes Allemans ? Il ſemble que la crédu-
lité des Peuples faſſe la ſcience des Enfans
d'Hermes (d) & d'Harpocrate (e) : La multiplicité des remèdes introduits par les Chymiſtes , a retardé les progrès de la Médecine-pratique (f) ; il en eſt beaucoup qui doivent leur
réputation à la prévention ; tels ſont la céruſe
d'antimoine , l'antihectique , le ſel ſédatif ; car
tous ces remèdes ſont réfractaires , indiſſolubles ;
ils fatiguent le Malade , & procurent ſouvent
le vomiſſement. Qu'on s'eſt bien peu appliqué
aux préparations pharmaceutiques ! Cependant ,

(c) Je les appelle myſtiques , parcequ'il n'eſt aucun
Chymiſte qui puiſſe expliquer tous ceux qu'on trouve dans
les Livres des Allemands, & que les Cabaliſtes ont introduit.

(d) Premier Chymiſte.

(e) Dieu du Myſtère.

(f) Les Chymiſtes ont introduit quinze ou vingt préparations d'antimoine, autant & même plus de mercure,
&c. & il n'y en a que deux ou trois d'utiles, qu'on
puiſſe employer ſans danger.

un remède bien divifé remplit les indications, fans expofer aux inconvéniens du furcroit de dofe & de l'indiffolubilité. L'expérience prouve qu'un gros de mercure doux, bien levigé, fuffit pour guérir des maladies rebelles; tandis que les préparations mal faites, ou fortent avec les déjections, ou font des obftacles aux vûes de la nature, & changent les alterans en évacuans.

On rapporte dans l'Ouvrage intitulé Chymie de Montpellier, que le fameux Médecin de qui on le tient, guérit avec des pilules de mercure, & en très-peu de tems, un ictère vérolique inveteré, qui, peut-être, n'auroit pas cedé aux frictions. Mr. Hofman croit que les huiles minérales diffoutes dans les fpiritueux, font fédatives à la dofe de quatre à cinq goutes; tandis qu'on s'expoferoit à des inconvéniens, en les employant fous autre forme. Le кermes minéral procure des anxiétés, quelquefois la lypirie, en fe fixant dans les vifcères abdominaux, lorfqu'on le donne fous forme folide; au lieu qu'il excite la tranfpiration, fi on l'employe à moindre dofe, après l'avoir malaxé avec la diffolution huileufe de blanc de baleine : & le faffran de mars, lorfqu'il refte quelque tems dans les opiates, eft converti en æthiops martial, & pénètre jufqu'aux moindres ramifications. On a négligé la pharmacologie-pratique, & peu des remèdes magiftraux égalent le diafcordium, la confection d'alкermes, l'opiate de Salomon, l'anti-émetique de Rivière, la confection d'hyacin-

the fans parfum, la thériaque de la correction
de Zwelfer. Ce n'eſt pas le lieu de s'étendre ſur
cette matière, nous ne nous étions point propoſés
d'en traiter ici.

Si la chymie a été inſuffiſante pour la con-
noiſſance des principes des Eaux minérales, elle
l'a bien été davantage pour l'explication de la
chaleur des Eaux thermales. Les uns, ſur l'idée
des volcans & des puits ardens, enſeignent
qu'elle dépend des feux ſoûterrains; cependant,
Mr. Aſtruc ſoûtient que le ſyſtême des feux ſoûterrains eſt inſoûtenable; car l'Eau de Balaruc
ne ſe réfroidit point aiſément à l'air. En ſecond
lieu, quand on la met, dès l'avoir puiſée auprès
du feu, elle ne bout pas plûtôt que l'Eau froide;
& lorſqu'on ſuppoſe que les principes de ces Eaux
occaſionnent leur chaleur par des efferveſcences
chaudes, telles que ſont celles de l'eſprit de vitriol martial & de l'huile de therebentine, &
toutes les 'autres qui ont été rapportées par
Newton à la fin de ſon optique, on n'en eſt pas
plus avancé; car il reſte à démontrer quels ſont
les principes de l'Eau minérale qui produiſent
cet effet: Et comment pourroit-on les trouver dans
les Eaux de Toeplits, qui n'ont pas plus de minéral que l'Eau commune? (g).

(g) Mr. Cheine aime mieux dire que toutes les Eaux
minérales chaudes contiennent du fer & du ſoufre, que
d'avouer qu'on ne peut rendre raiſon de ce phénomène; cependant, toutes les Eaux ſulphureuſes martiales ne ſont pas thermales, & les terres calcarées peuvent produire le même effet.

Un Médecin de cette Province fe fit connoître par une idée fingulière ; il admettoit des
mouvemens de fyftole & de dyaftole dans les foûterrains par où paffent les Eaux. Ce nouveau
Promethée animoit les rochers & les cailloux ,
qui n'obéirent jamais qu'au Chantre de la Thra-
ce. Mais laiffons ces difcuffions à ceux qui ai-
ment à s'envelopper de l'illufion des fyftêmes :
car, *m'ébahis grandement d'un tas de fols Médecins*
& *Philofophes , qui perdent tems à difputer d'où*
vient la chaleur defdites Eaux, ou fi c'eft à caufe
du baurach , ou foufre, ou de l'alun, ou du fal-
pètre qui eft dedans la minière , car ils n'y
font que revaffer, & mieux leur vaudroit s'aller
frotter le cul au panicault (efpèce de chardon)
que de perdre ainfi le tems à difputer de ce dont
ils ne fçavent l'origine (h).
Suivons notre Auteur de plus près. Peut-
on lui pardonner de ne pas connoître la chronologie médicale, & d'attribuer à des Compila-
teurs la gloire d'avoir inventé ? Mais ce qui furprend encore davantage, c'eft qu'après avoir
élévé dans fon avant-propos, les connoiffances
que donnent les analyfes, il avance que fans fes
collections, on ne pourroit connoître les vertus
des Eaux minérales que par une longue expérience, & par des longues converfations avec les
gens expérimentés, *longo ufu & colloquiis cùm pe-*
ritioribus, c'eft-à-dire, en bon françois, avec ceux

(*h*) Rabelais, Pantagruel, chap. 33.

qui diftribuent les Eaux à la fource. Mais, comment Mr. Le Roy peut-il méconnoître les Médecins Praticiens ? Comment ne s'eft-il pas apperçû que les Bains chauds (*i*) nuifent dans la pléthore & dans les crudités, jufqu'au point de caufer des apoplexies funeftes, au vû d'Hofman ? Comment n'a-t-il pas obfervé qu'ils font contraires à ceux qui ont les vifcères foibles, que les circonftances & les préparations même, peuvent faire manquer ou réuffir ce remède, & que les Baigneurs ne connoiffent point ces différens cas ? Pourquoi mettre encore fur la fcène, les échappées des Garçons des Bains, les *Jatroalypta* de Celfe (*κ*), qui ont été de tout tems le fléau des Malades. Il n'eft que trop de ces efpèces de Gens qui tirent des conclufions avantageufes de quelques cas particuliers, & des

(*i*) Il n'eft point de terme moins limité que celui de Bain ; on le donne quelquefois à des fomentations féches, à des fomentations humides, à des ablutions, à des immerfions dans l'Eau froide, à des remèdes extérieurs propres à faire fuer, à des opérations de chymie. Nous fommes forcés de remarquer que par Bains chauds nous entendons non-feulement les Bains naturels, mais encore ceux d'Eau de Mer que l'on prend pendant la canicule ; la gravité fpécifique des Eaux falées, les rend fufceptibles d'un plus grand degré de chaleur que les Eaux de Rivière.

(*κ*) Ceux qui ont les moindres connoiffances de l'Hiftoire Romaine, fçavent que les Garçons des Bains, les *Alypta*, fécouèrent autrefois le joug ; mais que peu de tems après ils furent forcés de faire fortune par d'autre menées.

médications téméraires qui ont réuffi fur des
Perfonnes robuftes. Les jeunes Médecins ne trou-
veroient-ils pas mieux leur compte à étudier
l'ufage des Eaux de St. Jean de Seyrargues,
dans l'Effai de Mr. *Seranne* ; celui des Eaux de
Cauterés dans *Borie* ; celui des Eaux de Dax &
de Tercis dans la Differtation de *Duffau* ; celui
des Eaux de Vichi dans *Geofroy* ; & enfin, à lire
attentivement les Collections de *Burette*, fans parler d'une infinité d'autres : car, il n'y a prefque
pas de fource d'Eau minérale en Europe, de
laquelle on n'ait écrit.

Un ouvrage n'eft utile s'il n'eft plus exact
que ceux qui ont paru fur la même matière.
Examinons fi Mr. Le Roy peut s'autorifer de
cet avantage. Il dit (article 139.) dont on
foupçonne plûtôt le fens qu'on ne le démêle,
qu'à fon avis, l'on ne fe fert point affez fouvent
de l'étuve (*l*) ; il fuppofe que les habiles Médecins en ufent : en fecond lieu, qu'on doit s'en
fervir. Ses raifons font fondées fur deux obfervations, dont l'une eft incomplette, & l'autre
annonce feulement une amélioration (*m*).

Si Mr. Le Roi avoit refléchi fur les obfervations de Sydenham, il fe feroit donné garde de
propofer fon avis ; il auroit vû que ce grand
Maître enfeigne que quoique pareils évacuans

(*l*) *Laconicum.... paulò frequentiorem fore lubenter exif-
timem.* P. 30.

(*m*) *Adeò melius fe habere.* Idem.

foulagent

foulagent pour un tems, fouvent la maladie re-
paroît avec plus de violence ; qu'elle fe mafque
fous des fymptomes anomaux qui deviennent
funeftes ; que la nature enfin fe fuffit à elle-
même pour évacuer le refte des impuretés, lorfqu'on a corrigé les vices intérieurs.

D'ailleurs, quand il feroit vrai qu'un pareil
remède pût réuffir, la prudence veut-elle qu'on
fe joüe de la vie de l'Homme, & qu'on expofe
le Malade à un danger plus grand que celui dont
on effaye de le retirer : car, à quoi n'eft-on pas
expofé dans l'étuve, où le fang fe raréfie ex-
traordinairement ? Et les fuites de ce remède ne
font-elles pas dangereufes, puifqu'il occafionne
des congeftions, des dilatations des vaiffeaux,
la féchereffe & l'appauvriffement des liqueurs ?

Les Anciens étoient dans la créance que tout
ce qui augmente les excrétions, concourt à procurer la fanté ; ils fuppofoient dans l'Homme un
certain levain qu'on ne fçauroit trop vuider ; mais
on a obfervé que le degré de chaleur que produit les fudorifiques, eft non-feulement capable
de deffécher le fang, mais de putréfier, en quelque manière, tous les fucs des premières voïes :
c'eft ce que l'expérience avoit indiqué auparas-
vant. On avoit vû tant de mauvais effets des fudorifiques, qu'on avoit conclu que la fanté con-
fiftoit dans un degré modéré & convenable des
évacuations.

Le fyftême des Anciens prit de nouvelles forces, lorfque *Sanctorius* eut mis en évidence la

E

tranfpiration ; on introduifit une foule de diapho-
rétiques , dont la réputation s'eft foutenue jufqu'au milieu de ce fiècle : on étoit tellement
prévenu en faveur des évacuans , qu'on leur at-
tribuoit toutes les cures qui étoient dûes à la nature ; on les employoit au commencement des
maladies , & par ce moyen , l'on pouffoit à l'intérieur , tantôt de la bile putrefiée , tantôt des humeurs vifqueufes & corrompues ; on augmentoit
l'éretifme ; on fupprimoit les excrétions en pro-
duifant de nouveaux embarras ; on fufcitoit des
inflammations erefipelateufes , des mouvemens
epileptiques (n) ; & fi la nature étoit au-deffus
de ces téméraires médications , le Malade de-
venoit goutteux & hectique ; les morts fubites
étoient fréquentes dans la convalefcence , par les
dépôts qui s'étoient faits dans les vifcères.

Les fuccès n'étoient pas plus heureux lorfqu'on
les employoit à la fin des maladies ; car , comme
le fang eft appauvri, & que d'ailleurs il n'eft donné
à perfonne, fuivant Sydenham , d'imiter la nature,
ni de connoître la quantité de la matière qu'il
faut évacuer par la peau, ni la manière dont il
faut s'y prendre , on donnoit occafion à une
infinité de maux.

✱

(n) Lindelftope dit que la phrénéfie eft fouvent une
fuite de ce traitement. J'ai vû un Homme dans une lé-
thargie , avec hocquet & mouvemens convulfifs qui l'af-
fligeoient depuis trois jours , & où les fudorifiques l'avoient
jetté ; il en revint en très-peu de tems par le fecours des
juleps acidules.

Ce qui prouve le peu d'exactitude de Mr.
Le Roi, c'est la manière de s'énoncer sur l'usage
des Bains chauds, qu'il employe pour les res-
tes de rhumatisme ; cependant, il est certain
qu'ils sont nuisibles dans les rhumatismes secs,
dans les douleurs rhumatismales anomales, dans
celles qui dépendent des acretés de la lymphe,
d'un virus scorbutique & vérolique.

Quoi de plus obscur que de prétendre que
les douches des Eaux de Balaruc conviennent
dans la goutte ; tandis que si on les prescrit
à des Sujets en qui le paroxisme est à même
de survenir, elles produiront une surchar-
ge d'humeurs qu'elles presseront par leur
poids & par leur gravité, dans les glandes sy-
noviales qui sont embourbées par une prédis-
position particulière, ou qu'elles y fixeront les
viscosités, par les sueurs abondantes de l'article, peut-être même les repercuteront-elles ?
Et voilà des occasions, tant à de nouveaux pa-
roxismes, qu'à des tophus, & à la goutte remontée.

Pourquoi se restraindre au stile laconique,
& ne pas éviter les erreurs où peut induire
l'étude des livres des anciens Médecins, qui ap-
pliquoient les attractifs & les bains chauds dans
les maladies, pour attirer, disoient-ils, les crudités au-dehors, comme si les médicamens étoient
électifs (o), & si la douleur & l'engorgement

(o) La dépuration est l'ouvrage de la nature, & les attractifs n'ont pas plus de faculté pour la produire, que
les emolliens n'en ont pour exciter la suppuration.

qu'ils excitent , ne pouvoit point augmenter le défordre , fufciter des complications , & avoir des fuites fâcheufes , fur tout dans les maux qui ne font point d'Idiopathie , dans lefquels les impuretés s'accumulent de plus en plus ?

Pourquoi ne pas faire entrevoir , que même dans les maladies aigues , les dépôts critiques deviennent funeftes , fi on ne s'oppofe à la fabrication des nouvelles impuretés , & que leur terminaifon n'eft point heureufe tant que dure le foyer du défordre ?

Les éclairciffemens fur cette matière feroient d'autant-plus néceffaires , qu'un Médecin étranger (p) a fait ufage des attractifs pour fixer la goutte anomale (q) , & qu'il a expofé la vie de ceux qui accouroient au bruit d'une réputation qui annonçoit plutôt le Charlatan que le grand-Homme , & qui ont été chercher

_____

(p) On appelle goutte anomale originaire de Muf-grave , cet état où la matière de la goutte eft comme flotante dans les humeurs , & dans lequel elle pro-duit une maladie indéterminée & vague des parties moles.

(q) Mr. Tronchin prétendoit guérir plufieurs infirmités des Vieillards , en attirant les humeurs fur les articles , au moyen des véficatoires & des finapif-mes ; il n'étoit point arrêté par les dangers d'une Médecine auffi cruelle , qui procure des douleurs très-vives , des convulfions , des fyncopes , la fièvre , & des ulcères fiftuleux , & qui attire les impuretés des premiè-res voïes , & laiffe un défaut de fentiment.

des complications à leurs maux, chez cet Archagatus (r).

Mr. Le Roi rapporte que certaines Eaux minérales conviennent pour diffiper la cataracte. On voit bien qu'il a eu des fréquentes converfations avec les Baigneurs. L'on n'a jamais guéri la cataracte avec les Eaux thermales. Cette maladie a fon fiège dans le cryftallin, & les remèdes extérieurs n'y peuvent atteindre ; mais on a guéri cette efpèce de fuffufion, qui dépend de l'épaiffiffement de l'humeur aqueufe.

Mr. Le Roy a oublié dans fon Traité univerfel, l'article des fumées. L'expérience apprend que les violentes tranchées qui arrivent dans le tenefme, font fuivies d'un rélâchement confidérable du rectum, qui bouche l'anus, & met obftacle à la fortie des excrémens ; qu'après les accouchemens laborieux, l'uterus fe renverfe : dans l'un & l'autre cas, les fumées aromatiques & celles des Eaux thermales, qu'on introduit dans les parties au moyen d'un entonnoir, prévalent aux aftringens, parcequ'elles pénétrent jufqu'aux ligamens de ces parties ; & j'ofe même dire que les fumées des Eaux thermales font préférables aux fumigations aromatiques, en ce que leur chaleur eft modérée & égale, ne peut point boursoufler *l'épithelium* (ſ), & occafionner des ulcérations.

(r) Efpèce de Médecin qui fut banni de Rome pour avoir exercé l'art de couper & de brûler impudamment.

(ſ) Surpeau qui récouvre quelques parties intérieures.

On les employe avec fuccès dans les fleurs blanches & dans la ftérilité, qui dépendent de vifcofité & de rélâchement. *Didier* en faifoit ufage après avoir fait préceder les remèdes convenables ; & plufieurs Femmes phlegmatiques en ont été guéries par l'évacuation des mucofités.

Les boues des Eaux, fur tout celles de Barbeftan, agiffent en réfolutifs ftimulans & abforbans : On s'en fert à la fuite des diflocations, de l'hydartrofe, de la goutte vague, pour raffermir les ligamens des articles ; mais, comme elles féchent aifément, il faut les arrofer (de tems à autre) avec de l'Eau minérale qui foit convenable à la maladie.

Je n'ai point eu envie de faire un Traité fur les Eaux minérales ; je n'en ai inferé ces deux articles, que parceque Mr. Le Roy les a paffés fous filence.... J'ai voulu faire connoitre que les jeunes Médecins doivent s'inftruire dans les livres de pratique, & ne point s'amufer au vuide des analyfes, qu'il faut abandonner à des Phyficiens, faits pour la fpéculation ; & je crois que j'aurai réuffi dans mon projet, fi on fe rappelle que l'analyfe eft infidèle : que les obfervations de pratique fourniffent un moyen affuré de découvrir les principaux agens des Eaux minérales : qu'il n'eft point poffible de connoîtré les combinaifons intimes des fubftances ; qu'il n'y a point dans le monde deux fources d'Eaux minérales qui ayent le même degré de force & la même vertu : que les trois

Fontaines de Cautérés , quoique fulphureufes ,
font propres à divers maux : qu'il n'eft point
de minéral qui ne puiffe en quelque manière fe
trouver dans les Eaux , jufques à l'or & au
mercure ; car, plufieurs rivières entraînent des
paillettes du premier , & les Mineurs trouvent
les qualités du fecond dans les Eaux qui four-
cillent dans les mines : qu'il n'eft pas toûjours
queftion de fuppofer des combinaifons chymiques , pour faire varier l'effet d'un médicament : que l'union intime , par l'entrelaffe-
ment des molécules (t) , peut produire une varieté dans l'action des remèdes , & que les fil-
trations feules y fuffifent.

Mon but eft de concourir avec tous le Médecins de cette Faculté , à empêcher la fureur
qu'ont toûjours eu les Chymiftes , d'introduire
leurs théories, de foutenir la Chymie médicinale , d'entretenir l'Etude d'Hipocrate, d'Arétée,
de Lomnius , de Baglivi , de Sydenham , & de
Barbeyrac , Chycoineau , Fizes , Membres de
cette Faculté , qui font parvenus à maintenir
une faine doctrine. Hipocrate, Harvey, ont-ils
été Chymiftes , quoiqu'ils ayent été Médecins ?
Et Bacon , Homberg , ont-ils été Médecins ,
pour être Chymiftes (u) ?

(t)Les Anciens rapportent l'exemple de la vieille thériaque.
  (u)C'eft ici le lieu de remarquer que ceux qui font chargés
de l'adminiftration de l'Etat, devroient, comme on fit autrefois , prefcrire des bornes à la chymie,& conferver un nombre
de Sujets qui font les victimes des tentatives des Chymiftes.

Je remarquerai que le Lecteur trouvera dans Hofman, & dans les Abrégés de Shaw, les principales découvertes qu'on attribue dans l'Ouvrage de Mr. Le Roi, à des Chymistes plus modernes; que le sistême des Principes aëriens est une suite de celui d'Hofman sur l'action de l'air, pour la cure des maladies chroniques, & qu'on n'a fait qu'en faire l'application aux Eaux minerales (x).

Je ne défends point des opinions qui me soient particulières, je m'autorise de la Thèse qu'a fait soutenir Mr. Brodeu (y) sur la Sensibilité. Il loue les Médecins de Montpellier, ses Confrères, de s'être constamment opposez aux fureurs des Chymistes, de ne recevoir que la chymie réellement médicinale. Il dit même que celle de Mathe Lafaveur a fourni de quoi enrichir l'*Encyclopedie*; ce qui paroît démontrer que les nouvelles acquisitions de la chymie font bien peu de chose. Sur ce fondement, les Docteurs de cette Faculté doivent avoir cause commune avec l'Auteur de ce Mémoire.

Je ne m'excuse point sur ce que j'ai dédié mon Ouvrage aux Manes de Baglivi; j'ai marché en cela sur les traces de Lucien & de Fontenelle; il a été toujours permis d'en user de même. Les Lecteurs éclairés trouveront aisément

---

(*x*) Mr. Bordeu ne sçauroit être suspect à Mr. Le Roi; il est cité nombre de fois dans son Ouvrage.

(*y*) *Vid. de Catalepsi.*

l'allégorie.

le fens de l'allégorie.

Je n'ai point furchargé cet effai de citations, parceque j'ai crû d'après une Fille (z), qui étoit d'autant plus dans le vrai point de fon fexe par la fublimité de fon efprit, qu'elle étoit éloignée des vrais fentimens par l'irrégularité de fa conduite, que les citations ne font point du véritable Ecrivain.

Comme je n'ai été guidé que par la recherche de la vérité, je ne me fuis point arrêté au peu de connexion des propofitions de Mr. Le Roy; & pour convaincre le Lecteur, qu'il n'eft pas d'aigreur ni de mauvaife humeur qui m'ait porté à écrire, je dois lui faire obferver que j'euffe pû attaquer ceux qui font unis de fentiment avec lui, parmi lefquels il en eft un qui a fait foutenir publiquement que l'ame eft la caufe immédiate de la chaleur du Corps humain, & par conféquent les principes du materialifme (&).

Le Lecteur trouvera dans l'Hiftoire de la Médecine par Leclerc, les raifons qui doivent nous porter à écrire en langage de notre païs, & à nous communiquer à nos Concitoyens, fur tout, lorfque la queftion peut leur être de quelque interêt.

(z) Ninon.
(&) Ce qui juftifie ma troifième page, par la conformité de fentimens avec Villanova.

F

❀❀❀❀❀❀❀❀❀❀❀❀❀❀❀❀❀❀❀❀❀❀

POur prévenir que les jeunes Docteurs ne perdent le tems à lire des Livres inutiles, j'ai crû qu'il convenoit de leur donner la Liste de ceux qui sont les plus nécessaires.

HISTOIRE DE LA MÉDECINE.

On en trouve des Collections dans les Œuvres de Leclerc, de Freind, de Baglivi, & de Platner, dans sa Dissertation *de Chirurgiâ Artis medicæ parente.*

ANATOMIE.

Stenon, *de Glandulis oris & palati.*

Winslow, ou l'Abrégé qu'en a fait Didier, Chirurgien de Paris.

Bonnet, *Sepulchretum anatomicum.*

Clopton Havers, *de Ossibus.*

Graaf, *de Generatione.*

Hovius & Duvernai, l'un pour les yeux, l'autre pour l'ouïe.

Attalin, *Deffinitiones anatomicæ.*

Willis, *Anatom. cerebri.*

Vieussens, Nevrologie.

Morgani, *Adversar.*

Ruischii & Malpighii *Opera.*

Le Cat, des Organes des Sens.

BOTANIQUE.

Tournefort : Plusieurs Médecins le préférent à Linnæus pour la clarté des classes ; d'autres prétendent que l'un & l'autre est nécessaire, en ce qu'ils se suppléent mutuellement. Mr. de Buffon se déclare ouvertement contre la méthode, mais ses objections tournent contre Linnæus (*a*).

PHYSIOLOGIE.

Boërhave : On reproche à cet Auteur quelques fautes d'Anatomie ; il est moins coupable que les Auteurs dont il a puisé. Son Traité de la Digestion vaut seul la découverte de la Circulation. S'il est quelque chose de difficile dans cet Ouvrage, on en trouve l'explication dans le premier volume de sa Chymie.

Haller, *Lineæ physiologica*.

Harvei, *Exercitationes anatomica de motu cordis*, &c. *Lugduni Bat. 1737*.

Newton, Optique.

Borelli, *de Motu animalium*.

Baglivi, *de Fibrâ motrice*.

Bellini, *de Urinis... de Bile*.

PATHOLOGIE ÉLÉMENTAIRE.

Fizes ; Pathol. Boërhav. Pathol.

PATHOLOGIE PRATIQUE.

Fernel, il est très méthodique.

Sennert, *Prax. med.*

Riverii, *Opera omnia*. Rivière étoit Galeniste, d'ailleurs grand Praticien, tant il est vrai que quelquefois les Grands-hommes font ce qu'ils veulent être : Il sentit combien il étoit ridicule de se soumettre aux Influences de la Lune : il distingua les Contre-indications, & ouvrit une route à la véritable Théorie : il conserva plusieurs Ob-

(*a*) Préface de l'Histoire naturelle.

fervations : il tranfmit l'ufage des Bougies de Plomb, & de quelques autres fort utiles.

Barbeyrac, des Maladies du Cœur, des Femmes, &c. Mr. Brodeu remarque à propos qu'il fut fupérieur à Holier, & qu'il jetta une clarté dans la Médecine, dont elle n'avoit point été fufceptible jufqu'à fon tems.

Baglivi, *Opera omnia* : il établit la Médecine des folides ; il détruifit les Arabes & les Sophiftes.

Sydenham, *Opera omnia,* in 8. Lond, C'eft le Médecin qui a le plus approché d'Hipocrate. Quand on n'acqueroit dans fes Ouvrages que l'efprit d'obfervation, c'en feroit affez : il eft pourtant généralement fuivi. Les Praticiens en font leur Étude journalière.

Chicoyneau, *an Febribus malignis,* &c. C'eft la Pathologie exacte de cette Maladie.

Frederic Hofman, Médecin écclectique : fes Differtations pratiques & fes Hiftoires des Maladies font eftimées. Il paroît qu'il n'a pas également décrit tous les tems des Maladies, peut-être pour avoir employé trop de Remèdes chymiques.

Boërhave, Aphorifmes, avec un Recueil de fes Péléçons en manière de Commentaire, 5 v. in 12.

Allen, Synopfis, 1 vol. in 8.

Aftruc, *de Morbis venereis.* Les Praticiens de Montpellier ne font pas autant de cas que fait ce Médecin, d'ailleurs fort fçavant, de la Méthode d'évacuations ; ils affûrent qu'elle doit être réjettée.

On peut prouver démonftrativement, que la
Vérole qui régne aujourd'hui, a été tranfmife
par les Efpagnols; il n'eft pas moins vrai qu'il
a toujours régné en Europe & en Afie une manière de Vérole dégenerée, dont on voit quelques veftiges.

Lomnius, *de Febribus.*

Fizes, *de Suppurationis mechanifmo.*

Haguenot, *de Morbis abdominis.* M. SS.

Lazerme, *de Morbis internis capitis.*

S. Yves, Traité des Maladies des yeux.

Harris, *de Morb. infant.*

De La Metrie, fes Obferv. On voit par
cet Ouvrage que l'Auteur auroit eu l'efprit de
l'Art, s'il eût fçû fe fixer & s'attiédir.

SEMEJOTIQUE.

Boërhave, Semej.

Hipocratis, *Opera omnia.* Verfion de Fœfius,
fans Commentaire.

Cœlius Aurelianus.

Aretæi Capadocis, *de Signis & caufis acutorum.*

Jodoci Lomnii, *Obfervat. medicinal.*

DIÆTÉTIQUE.

Sanctorius, *de Medic. ftatic.* Gorther eft le feul
Commentateur qui foit approuvé.

Lomnius in Celfum, *de Sanitate tuenda.*

THERAPEUTIQUE.

Boërhave, *de Viribus medicam.*

Caroli Barbeyrac, *Medicam. conftit.*

Aftruc, *Tract. therapeuticus.* C'eft prefque le
feul Ouvrage où l'on trouve le *methodus medendi.*

Les Editeurs y ont inferé plufieurs formules qu'ils ont compilé de Barbeyrac.

Geofroi, *Tractatus de mater. medic.* Cet Ouvrage eft fupérieur à tout éloge, mais il laiffe à défirer que l'Auteur eût fuivi l'ordre des indications.

CHIRURGIE.

Anciens, Celfus, *de Re medicâ.*

Pauli Æginetæ, *Opera.*

Modernes, Laurentii Heifteri , *Inftitutiones Chirurgiæ.*

Deventer, *de Arte obftetricandi.*

Mauriceau, Traité des maladies des Femmes groffes & accouchées.

Sharp, *a treatife on the, operations of Surgeri,* traduit en François. A Paris in 12. 1741.

Joannes Munichs, *Chirurgia ad praxim.*

Didier, fur les Tumeurs, pour la Pratique feulement.

Foubert, fur les Dents.

Ledran, des Plaïes d'arme à feu.

Mém. de l'Acadamie Royale de Chirurgie.

PHARMACIE ET CHYMIE.

Macquer, Elémens de Chymie.

Lemeri, & Bauderon pour le manuel.

Quincy, *The Theori, aut pratice of pharmaci,* & fa pharmacopée, édition de Claufier.

Il faut obferver que les Pharmaciens prefcrivent les remèdes, fans diftinguer les indications & les tempéramens.

MISCELLANEA.

Obferv. de Médecine d'Edimbourg.

Dict. de Médecine de James, 6 vol. in fol. Paris.

Mém. de l'Acad. Royale des Sciences.

ADDITION. *Page 22. Ligne 7.*

Nota. La cryftallifation des Sels eft très-diffi-cile, & l'on n'y parvient pas, fi l'évaporation eft preffée, fi la liqueur fe refroidit promptement, fi l'on fait trop évaporer de liquide ; d'ailleurs, quels foins que l'on apporte à faire des cryftal-lifations de cabinet, la plus grande partie de la matière faline eft en cryftaux irréguliers fur cel-le qui fert de bafe. Il eft vrai qu'on peut diffou-dre de nouveau les Sels, mais il s'en diffipe une quantité, & ces opérations réiterées les dénatu-ralifent.

P. S. Je propoferai une queftion. Les analy-fes ne font-elles point une fuite du fiftême des fpécifiques, qui font en Médecine, ce qu'eft la quadrature du Cercle en Géomètrie, & le mou-vement perpetuel en Méchanique, puifqu'on re-cherche les fubftances, tandis que des principes chymiques de nature diamétralement oppofée, produifent le même effet fur le Corps humain ? Le Vinaigre de Scille & la Teinture de Tartre d'Harvei, font émetiques. Les acides & les al-kalis détruifent également l'effet de l'Opium.

LETTRE

De Monſieur E*****

Docteur en l'Univerſité de Médecine
de Montpellier.

*A Meſſieurs V**** & Le R***

Docteurs en l'Univerſité de Médecine de la
même Ville.*

A AVIGNON.

M. DCC. LVIII.

Hujus quippè provincia eſt Pharmacis eleganter concinatis & quaſi contractis, Medicinam practicam dittare quod ſi ultèriùs excurrat, chymia, ingenia alioquin per acuta in errores agit, & vana ſcientiæ nomine deludit.

Freind. Præfat. in Emenalogiam.

✱✱✱✱
✱ J ✱ E ne m'attendois pas, Messieurs, que vous prissiez
✱ ✱ les armes pour la forme seulement ; Il me semble
✱✱✱✱ qu'il auroit mieux convenu que vous les eussiez
prises en faveur de la Chymie, partie à laquelle
vous vous êtes addonné, où l'on croit que
vous excellez.

Mais, pourquoi faut-il que vous attendiez des remarques de Leyde? (v. p. 16.) Auriez-vous pensé me contenir? Sçachez, Mrs., qu'en matière de Sciences, les Sociétés ne produisirent presque jamais rien de parfait.

La première impugnation, qui tombe sur le stile, me paroît mal fondée. Vous avez tronqué mes paroles ; vous avez changé le sens des phrases, de manière à faire retomber votre censure sur ces omissions : tel est ce petit dol que vous avez employé pour la page 18 de ma Brochure, où vous avez omis à dessein, *bien levigé*, pour épiloguer.

A la pag. 11. de la vôtre, vous avez substitué le pronom possessif au démonstratif. A la pag. 7. lig. 7. vous mettez stalactiques pour stalactites, & tant de singuliers pour des pluriels.

Mais, Mrs., devez-vous m'attaquer sur le stile, vous qui tombez à tout bout de champ dans la monotonie, qui ne parlez que par car & par mais, qui faites des retorsions les plus ridicules, & qui n'avez qu'un stile pésant, mal châtié, qui ne tient ni de la Nation ni du siécle.

Mettez-vous, si vous le pouvez, à l'abri des reproches qu'on fait à vos expressions, qui sont telles que les honnêtes Gens ne les prononceroient point, & qui ne partirent jamais d'un quelqu'un né pour frayer avec les Gens de Lettres (*a*).

Il est fâcheux pour Vous, autant que pour Nous, d'être éloigné des Dalembert, qui sçavent corriger vos mémoi-

(*a*) *Un fameux Médecin de cette Ville, a vû une Lettre écrite à Mr. Le Roy, où Mr. Venel se sert de ces expressions basses, qu'on ne sçauroit placer dans un Ouvrage fait pour être lû par des Gens qui ont reçû une certaine éducation.*

res, y paffer le rabot & la lime, & vous mettre en même-tems à l'abri qu'on vous réproche que votre ftile

Ne s'élève jamais que par fauts & par bonds,
Que fon feu, dépourvû de fens & de leÉture,
S'éteint à chaque pas faute de nourriture.

Boileau.

Mais, afin que rien n'échape à l'Examinateur, je vais vous fuivre pas-à-pas : il ne conviendroit pas de vous laiffer partir fans réponfe ; & je regarderài la Lettre hypercritique, comme partant de votre plume & de celle de Mr. Le Roy ; car on y diftingue le génie de l'un & de l'autre.

(Pag. 3.) Le dédain que vous marquez dans le premier article, eft un détour moins embarraffant que le Labirinthe de Crête. Lorfqu'un Auteur donne des fadeurs pour du comptant, on le paye de la même monnoye ; vous deviez éviter le ton de Prétieufe, & nous *fervir différemment ce foulevement il porte au cœur.* Que le Lecteur me permette de jetter fur vous ce ridicule : je profite du confeil d'Horace, il prévaut, dit-il, à la fatire.

...... *ridiculum acri*
Fortiùs ac meliùs magnas plerafque fecat res.

Dans le deuxième article de la même page, vous ne vous expliquez pas affez pour être entendus.

Si le mot d'Artifte tombe fur mes Amis, il eft très-mal fondé, car ils ne mettent pas la main à l'œuvre, & c'eft mal à propos que vous les faites entrer dans notre difpute : cette inadvertance ne parle pas pour vous.

Que fi vous voulez infinuer que je fuis mal avec mes Confrères, j'en appelle aux premiers Praticiens de la Ville, qui m'honorent de leur eftime, à laquelle je répondrai toujours le mieux qu'il me fera poffible.

J'ai oublié de dire un mot à Mr. Le Roy fur le ftile. Peut-il s'ériger en Purifte „ & fauver fon *fi benè tranfeant æquæ,* pour dire fi les Eaux ne caufent point des dérangemens, lui, qui ne fçait que *laconicum* peut s'entendre éga-

lement du Bain chaud comme du Bain aëré (b), qui isole le
sens des phrases, qui permet à sa plume ces expressions
basses, *il mord*, &c. ? N'aurois-je pas lieu de lui dire,
produisez des Ouvrages de votre fonds, qui ne soient ni
de plagiat, ni revûs par des externes, & nous verrons si
vous devez vous ériger en Aristarque *Grammairien*.

Soyez deux petits Voltaires (c) à la bonne heure ; mais
montrez-nous, si vous voulez être reconnu tels, par quel
endroit vous avez si bien mérité de vous-même (d).

Mais au reste, Mrs , qui a lû Le Clerc, Barchuysen, &
qui a sûcé le lait médicinal d'un Verni, d'un Montagne,
& d'un Fizes, doit bien peu s'embarrasser de vos imputations : & ne peut-on vous accuser de courir après les grâ-
ces , sans avoir votre provision de l'utile ?

Vous me reprochez de m'être fait connoître avant que
ma Critique parût ; que n'avez-vous fait de même, ou
du moins, pourquoi avez-vous craint de passer pour peres
de votre Ouvrage ? car il a falu user de stratagême pour
avoir découvert qu'il fut enfanté à Balaruc, où vous vous
rendites pour conferer avec Mr. Venel, & construire cet
Edifice qui est bien aussi dur que l'airain, sans être aussi
durable.

Ce n'est pas tout. Voyant le peu d'accüeil qu'on a fait
à votre production, comment avez-vous osé publier que la
Lettre hypercritique étoit à moi ? ce tour de Cotin est usé.
Il est vrai que vous ne pouviez me nuire davantage que
de m'attribuer vos propres Ouvrages.

Mais, en quoi me blâmez-vous ? Je ne suis pas fait à
porter des coups clandestins, je n'ai employé aucune astuce
de stile, je n'ai suscité personne contre vous ; & vous avez

(b) *Vid. Vvreinhart, Medic. offic. & non les Lexicons.*
(c) *M. T***** D. M. & Praticien de cette Ville, ayant
demandé à Mr. Le Roy s'il répondroit à ma Brochure. Je
suis, dit-il, comme Voltaire, je réponds à tout. Je ne vois
pas qu'il ait exactement tenu sa parole.*
(d) *Mr. Le Roy confirme assez son petit amour propre.
(Pag. 14.) il me fait écrire à la Voltaire ; j'avous avec
sincerité, que ce n'est pourtant pas mon usage.*

fort de vous être mis dans l'esprit, que j'avois prétendu vous faire un Ennemi de Mr. Fizes : Si je l'ai cité, c'est pour renforcer mon Ouvrage.

Mais si je me suis annoncé pour Auteur de la Brochure, Mr. Venel n'a-t-il pas aussi avancé sur cette annonce, qu'il n'étoit pas possible que je parlasse François (e) ni que j'entendisse ses Dissertations (dont la prolixité va à la vérité jusqu'à l'ennui). Que le Lecteur me passe de vous faire ces reproches, je sens qu'il ne convient pas d'en opposer à des imputations.

Je combats, dites-vous, à tort & à travers, lorsque je trouve quelqu'un d'assez charitable pour me représenter toutes mes bévûes.

Vous avez raison d'appeller des quelqu'uns, des *Quidams*, ceux qui en font à croire à Mr. Le Roy, *qu'on reconnoît dans ce sac* : je n'ai parlé que deux fois de mon Ouvrage; la première, avec un jeune Docteur, & très-jeune, qui convint en présence de plusieurs personnes, qu'il n'entendoit rien à la question; & la seconde fois, avec un Etudiant en Médecine, qui montra à la verité de l'esprit, mais, qui avoüa n'avoir point lû mon Ecrit, sur ce que Mr. Le Roy ne lui avoit pas connu assez de Médecine, pour juger de la dissention.

Mais si ces bévûes qu'on me représentoit, ne sont que celles que vous me mettez sous les yeux, sentez, Mrs., la foiblesse de votre reproche.

Vous trouvez dans mon Traité de l'Oüie, Duvernay défiguré (f). Le mot défiguré n'est là, que pour éviter que l'on ne vous mette au pied du mur; vous auriez dû, Mrs., entrer dans quelque détail, & nous faire voir que vous connoissez d'autres *sons* que ceux qui font le vuide des phrases ; car, je soupçonne fort que cette partie ne vous ait plus embarrassé que l'article du goût moral ; mais

_____

(e) *M. le Marquis de.... a rapporté tenir ce fait de la première main. Le second est attesté par la Lettre de Mr. Venel à Mr. Le Roy, qu'on a fait courir de main en main parmi les Etudians en Médecine.*

(f) *Expression de Puriste.*

comme vous ne m'oppofez rien autre, je n'ai rien plus à répondre fur le commencement de cet article.

Je remarquerai feulement, que vous étayez joliment vos cenfures : ne reffemblez vous pas à ces Femmes harangères, qui entaffent invective fur invective, & qui par fois prennent les devans, & accufent les autres de leurs vices.

L'article du goût moral vous embaraffe ? Vous ne comprenez pas que de deux hommes, l'un a du goût pour la mufique, & l'autre n'en a pas, & qu'on peut rechercher la raifon de cette difference ? Mon explication ne vous convenoit-elle pas ? il faloit l'attaquer, & nous faire connoître la portée de votre génie.

Mais fi je veux refaire ce Traité, pourquoi l'attaquez vous ? Que vous êtes inconféquens !

(Page 4.) *L'humeur critique de Mr. Eftève, ne fe borne point, &c. Il l'abandonne pour combattre la Chymie...., & pour mordre des Auteurs refpectables :* que repondre à pareilles gentilleffes, qui partent de ce que je n'ai pas fait l'Apothéofe d'un Auteur auffi refpectable par la celebrité du nom, que par le mérite, qui a une faculté *inébriante* ? je parle de Mr. Venel, qui a travaillé aux in-folio enciclopediques, & qui y a inféré des compilations revûës, corrigées & augmentées par Mr. Dalembert, & qui ne peut fauver ce gros vaiffeau, du naufrage qui le menace, & qui nous promet en-fus, un Traité d'eaux, orné de jolies *Gaudrioles*, d'hiftoriettes, & des petits larcins que Roüelle revendique d'avance ; fans compter qu'il nous y mettra le fiftême de Mead fur la nature ignée des Efprits, comme lui appartenant ; il l'étayera même de l'autorité d'Epicure & de Lucrece, au grand avantage des Efprits forts enciclopediftes.

Une des penfées critiques & judicieufes de Mr. Venel, c'eft de me blâmer de faire des forties fur la Chymie, tandis que c'étoit mon but que de défabufer le Public de la Chymie, qu'on cultive aujourd'hui avec fureur, & que c'eft du beau ftile de quitter par fois la voye du Meffager, pour mettre de la varieté dans les ouvrages.

Je mords, & qui eft-ce, les vrais Médecins ? Non fans-

doute, ce font ces cordons de l'ordre fpeculatif, qui fuffi-
roient à perdre la Médecine, fi chaque fiécle ne produifoit
l'antidote de ce poifon.

Que fi Mr. Venel a eu en vûe de défigner par là Mr.
Tronchin, qu'il life la Brochure que lui a décoché Mr.
Bouvar; il faloit que Mr. Venel prit parti pour Mr. Tron-
chin, & deffendît fon fiftême.

Paffons au deuxième article de la même page. Comment, ce Litterateur ignore qu'il n'y a pas d'expreffion pro-
propre à la dérifion, & que le ton fait la mufique ? Qu'il
relife l'endroit qui l'a porté à faire cette cenfure, & qu'il
me rende juftice.

Sur la fin de la quatrième page, on m'impute d'avoir
copié Hoffman, & même de l'avoir défiguré; ce défiguré
eft encore ici comme dans l'endroit précedent.

La récrimination tombe d'elle même. Hoffman eft Sif-
témarique, & s'en fait gloire; il eft un de ceux qui em-
ploient, dit Barchuyfen, une dialectique vuide de fens; il
a même mis Afmodée parmi les caufes des maladies, &
je fronde les fiftêmes; il y a donc oppofition dans notre
manière de penfer. Mr. Venel peut juftifier fa querelle,
s'il veut n'être point fufpect d'aigreur. Qu'il fçache que
c'eft mal-à-propos qu'il m'attaque, que je ne remplis pas
la feuille des travaux d'autrui, comme il l'a fait dans
tous fes ouvrages, & fur-tout dans la Lettre hypercritique
qu'il a rempli de mes paroles; qu'il fuffifoit d'indiquer,
mais il faloit tout au moins tronquer les phrafes.

Que Mr. Le Roy permette que je m'adreffe à lui. Comment a-t'il paffé fous filence ces mots? Il ne connoît pas
la chronologie médicale, il n'a fait que ramaffer, & ces
paffages où on lui démontre qu'il ignore la pratique, &
qu'il péche par la judiciaire.

(P. 5.) *La Médecine d'obfervation n'a aucune connexion*
avec la manière dont chacun fait agir les remèdes : Voilà
le fens de votre Critique.

Je réponds que cela n'eft vrai que dans la Médecine des
Empiriques, de Sérapion, d'Heraclides, &c. mais que la
Médecine d'obfervation d'Hypocrate, qui eft raifonnée, en
a une immédiate. ; que cependant, quoique les Médecins

qui

qui suivent ce dogme, admettent le raisonnement, ils n'y foumettent pas la Médecine, & que ce font souvent de petites licences que Baglivi, Freind, & tant d'autres se font donnés.

La raison qu'on apporte contre ma théorie, tombe d'elle-même ; le mercure est un spécifique, il est donc en Médecine ce qu'est l'aimant en Physique, un phœnomène.

Personne, difent nos Sçavans, n'a jamais apperçû que le Borax fût hémétique ; je profiterai pour les confondre, de Quincy, qu'ils m'ont mis fous les yeux, qui cite encore, si je ne me trompe, Schroder ; cet Auteur ne donne pour ainsi dire au Borax, que la propriété de faire vomir, & il est rangé dans la classe des vomitifs. Il seroit à souhaiter que Mr. Le Roy fçût lire avec attention, & ne s'expofât point à être rangé dans la classe des Artistes, fçavoir même si son étoile natale permet de l'y initier (g).

(P. 6.) Dans le premier article, ils nient que ceux que je cite ayent fait les analyses. Borie n'a-t'il pas fait l'analyse des Eaux de Cauterez ? Regis avec Mr. Didier, celle des Eaux de Balaruc ? Geofroy, celle des Eaux de Plombières ? Mr. Du Clos, celle de la plufpart des Eaux minérales de France ? Que nos Cenfeurs ne s'expofent point à la question de fait, c'est de la drogue pour eux....
Qu'ils n'aillent pas me faire un hocquet fur ce terme.

Quant au deuxième article, qui concerne l'obfervation des Médecins d'Edimbourg, Mr. Venel devroit s'être apperçû que dans la bonne Médecine on prend l'obfervation, & on laisse à part le commentaire & l'interprétation ; fous ce point de vûë, il verra que l'alun ne paroiffoit pas par l'analyse. Mais c'est fortir de la question. Combien de fois n'a-t'il pas dit que les Eaux donnent les fignes d'alcalicité, fans que l'analyse puisse démontrer l'alcali, & que Hoffman foupçonne tel ou tel principe ?

La vertu purgative de l'alun n'est connuë de perfonne, difent-ils. Quels Docteurs ! Quincy à l'article de l'alun, ne dit-il pas qu'il fait vomir ? L'expérience prouve même

_____

(g) Comte de Gabalis.

B

qu'il produit cet effet , fi on ne le combine avec l'extrait d'opium. (*h*)

(P. 7.) Les analyfes ne font pas entièrement convain-cantes , difent-ils. Qu'ils répondent à chaque fait en par-ticulier ; je prétends bien plus , c'eſt qu'on n'a connu les principes des Eaux que par la Médecine - pratique , & par leurs effets ; & qu'enſuite , déguiſant la maniére dont on a fait la découverte, l'on part de l'expérience analytique comme fi elle avoit donné les lumiéres ; que d'autres fois on ufe d'autres fubtilités. Que Mr. Venel avoüe de bonne-foi, fi ce n'eſt pas parcequ'on a vû que les bouteilles d'Eau acidule caffoient , qu'on l'a fuppoſée fpiritueuſe.

Le coup d'encenſoir que fe donne Mr. Venel dans cet article , eſt amené on ne ſçauroit mieux. Loüis , comme fit autres-fois Alexandre le Grand, fournit à fes Sujets tous les moyens d'augmenter les Arts ; fa main bienfaiſante fe répand juſqu'à nous donner au-delà du néceſſaire. Mais toutes les expériences réüffirent-elles à Ariſtote ? Il eſt grand de tenter , & il ne ſçauroit y avoir d'inconvénient en pa-reille matiére.

Mais , eſt-ce que j'avois dit que l'on ne pouvoit acquerir des connoiſſances en cette partie ? Que Mr. Venel y réflé-chiſſe , & qu'il examine s'il n'eût pas mieux valu pour lui ne pas fe mêler dans la difpute.

J'ai attaqué un jeune Docteur qui bâtiſſoit des châteaux philoſophiques dans une Univerſité , qui tient tout fon luſtre de la bonne tradition médicale, où l'on ne hazarde qu'à regret des explications des fymptômes : voyez , Mrs , l'avant propos qu'a mis Fitz-Gerald à fes Maladies des Fem-mes ; & je n'avois pas été juſqu'à attaquer les analyſes chez l'Académicien. Que Mr. Venel prenne donc place à l'Aca-

----

(*h*) *La réſine d'opium feroit propre à augmenter la vertu hémétique de l'alun ; & quoique les narcotiques calment le vomiſſement , on éprouve que lorſqu'on donne cette réſine à ceux qui font accoûtumés au laudanum , juſques à en prendre 10 à 12 gr. elle leur cauſe des tranchées & des fuperpur-gations.*

démie, j'y confens ; qu'on lui dreffe même une ftatuë fous la double figure d'Eole , & de Dieu de Fontaines chaudes ; qu'il foit couronné de cryftallifations & d'efflorefcences, recouvert de feüilles de grammaire , & qu'il ait à fes pieds une Choüette , à l'exemple du Coq d'Efculape : Qui l'en empêche ? Mais qu'il me permette de foûtenir mes droits, en foûtenant ceux de la Médecine. Paffons au dernier article de la même page.

Nos Docteurs conviennent que les confultations apprennent les cas où il faut employer les Eaux... Mais ne voyentils pas que Mr. Le Roy fe contredit ouvertement , puifqu'il dit dans fon *Proemium* , que la Chymie eft la feule partie qui puiffe donner des connoiffances fur la maniére de les bien appliquer

Mais fi la Chymie , lui dirai-je , n'a procuré que la connoiffance des parties intégrantes par lefquelles les Eaux agiffent , elle n'a fourni jufqu'à préfent, prefqu'aucune lumiére; car les Auteurs font partagés fur l'action des médicamens : voilà comme on fe beloufe , quand on écrit fans réfléchir.

Je remarque que nos Chymiftes admettent avec moi l'action des médicamens , par les parties intégrantes , ce qui détruit les expériences de Boulduc fur les purgatifs , & toutes celles qu'on a fait jufqu'à préfent par la décompofition ; mais en cela , j'ai de mon côté l'avis de Lemeri même , qui convenoit que la décompofition reduifoit les remèdes à rien , & les depoüilloit de leurs propriétés.

Il me donne un confeil ; que je crois être de mauvais aloi ; c'eft de ne me fervir dans les confultations, ni d'analyfe , ni d'hypothéfes.

1°. Jamais Praticien n'a tiré d'induction des analyfes.

2°. Nos Confeurs confondent les hypothéfes avec les raifonnemens hypothétiques & ingénieux , qu'on ajoûte aux confultations pour les orner , comme difoit Baglivi : Et feu Mr. Verni , ne lifoit jamais des confultations que lui apportoient fes Confréres à figner , que la cure.

Mais , pourquoi me faire un crime de condamner ce que Boërhave même condamné ? N'a-t-il pas dit cent & cent fois , que la Médecine eft refferrée, & ne confifte que dans l'obfervation ? Il eft vrai qu'il eft forti des bornes ; mais n'a-t'il pas été blâmé ? (i)

Qu'on ne doive point employer des raifonnemens dans les confultations, c'eft un autre article, fur lequel il ne convient pas de s'expliquer ; mais qu'il faille enfeigner à les faire, c'eft vouloir fuppléer au génie, à l'efprit ; chacun raifonne à fa guife ; mais les Médecins donnent ces raifonnemens pour ce qu'ils valent.

Le fingulier & l'étonnant, c'eft qu'ils nient que Mr. Fizes ait dit, que les Chymiftes font du corps humain un fourneau de Chymie ; car quand il fe feroit tû fur cet article, ne pourrois-je pas citer Bohnius, Freind, & tant d'autres.

Mais, comment ofent-ils foutenir une pareille propofition, au rifque d'être démentis par tout ce qui eft de Médecins dans la Ville ?

La remarque qui eft à la fin de la feptiéme page eft captieufe ; on y infinuë que Mr. Fizes dédaigna la dédicace de ma Brochure.

Mr. Fizes ne la lut pas ; je lui demandai s'il agréeroit la dédicace d'un Ouvrage de critique ; fa réponfe fut, qu'attendu que ces efpèces d'ouvrage fuppofent quelque animofité, il n'étoit pas convenable qu'il fe rangeât à la tête d'un parti ; que du refte, il m'étoit très-obligé: Mais nos Puriftes ne voyent-ils pas qu'on bleffe les Gens polis, en leur faifant rendre des impoliteffes pour des complimens, & que c'eft infulter à Mr. Fizes, que de lui prêter une réponfe de leur fabrique.

(Page 8.) Ces Gens les plus expérimentez, font fans doute les Chymiftes ; car les Praticiens avoüent de bonne

___

(i) *L'acidité & l'alcalefcence fpontanée de Boërhave induifent à erreur. Mr. Barbeyrac a guéri l'acidité des premières voyes avec du lait ; d'autres ont guéri l'alcalefcence avec des alimens du regne animal. Rien de ce qui fe digère ne s'aigrit ni fe corrompt ; & au contraire, l'état de l'eftomac eft ce qui mérite nos attentions, & Boërhave prend l'effet pour la caufe.*

foi, qu'ils n'osent employer la plufpart des remèdes chymiques; Boërhave lui-même accufoit qu'il en avoit fouvent trop crû à l'art, & avoüoit fes fautes : lifez fa Chymie & les Commentaires d'Heyman fur fes aphorifmes, en 5 vol. in 12. Ouvrage qui devroit être recherché.

Que Mr. Venel compare le mal que font ces remèdes adminiftrés par les mains les plus habiles, par des Médecins qui ne font point prevenus, avec le bien qu'on en peut retirer; & il conviendra non-feulement, qu'il faut les regarder comme très-dangereux, mais encore, que le bien qu'ils paroiffent produire, eft fouvent dû à la nature, tandis que le défordre eft toûjours dû à l'art.

Mr. Venel veut-il des Médecins du commencement de ce fiècle qui confirment mon avis ? qu'il life Hecquet, qui place la Chymie dans le brigandage de la Médecine, & qui croit que le kermes feul fuffit pour la perdre ; & s'il veut des Auteurs vivans, qu'il life la matière medicale de Linnæus.

Qu'on puiffe rapporter 3 à 4 productions de la Chymie qui foient de quelque utilité, à la bonne heure, elles font de la Chymie pharmaceutique la plus triviale; mais ces 3 à 4 remèdes doivent-ils nous faire courir après des phantômes, après de recherches qui détruifent plus d'hommes que la poudre à canon n'en a fait périr le fiècle dernier, & qui n'aboutiroient vraifemblablement à rien ? car, comme le dit *Maupertuis*, rarement les Gens de l'art font-ils la découverte des remèdes.

D'ailleurs, on a remarqué bien à-propos, que la découverte qu'on pourroit faire d'un ou deux remèdes, ne feroit pas plus à l'art de guérir, que l'apparition d'une comete, par rapport à l'aftronomie.

Les remèdes chymiques ne font pas de mon goût ? non fans doute; il y a trop à rifquer, ils laiffent leur empreinte, ils dérangent l'ordre des fonctions, & altèrent le temperament.

Sans entrer dans le détail, fi c'eft à-propos que les Cenfeurs nous ont mis en oppofition le Tartre ftybié, & quelques préparations de Mars, puifque je les ai reconnuës, donnons leur nos remarques.

La plûpart des hémétiques antimoniaux font des poifons; la poudre d'algaroth eft un mercure de mort & non de vie, dit Sylvius, & le feul foye d'antimoine, & peut-être les fleurs par le Sirop de Glauber qu'on en compofe, nous font utiles : le lilium de Paracelfe eft une préparation mal entenduë, & où Mr. Venel devroit nous faire voir le cuivre de rofette, & les autres métaux en diffolution, & par confequent un remède qui ne vaut pas mieux qu'une teinture de tartre, qui eft un remède galenique autant que chymique (excepté que Mr. Venel n'érige le Cuifinier & le Confifeur en Chymifte) demême que l'elixir des proprietez, teinture des pilules antipeftilentielles de Ruffus

Les fels que nous fournit la Chymie ; & fur-tout cette merveilleufe terre folcée de tartre, ne valent pas les fels que la nature nous donne, pour ainfi-dire ; tels font celui d'Epfom & de Glauber.

Les efprits volatils font des poifons, de même que l'Huile de Dippel, & ne fçauroient qu'être nuifibles dans les affections commatçeufes, où ils fembloient appropriez: lifez Hoffman, l'Hermes des Chymiftes modernes. La Chymie à proprement parler, ne comprend que ces opéra-tions qu'on obtient par des effervefcences, des explofions, des fublimations à feu violent, des précipitations par dé-compofition, des cohobations, & autres opérations de la même cathégorie ; & cet art ne regarde pas plus le Mé-decin que l'Aftrologue, quoiqu'il nous ait fait préfent de quelque remède.

C'eft donc très-mal à-propos que les Chymiftes fe font faits un bouclier des Médecins Arabes, la Chymie n'eft venuë qu'après, ce qui prouve que les teintures, les extraits, les diftilations par l'alambic, font acceffoires à cet art.

Quant au dernier article, j'avoüe avec fincerité, que l'expreffion, *forces feront affez faites*, eft hazardée ; je les prie de fubftituer, *forces feront fuffifantes*.

Le ridicule dont ils fe recouvrent par le refte de la propofition, parle & répond pour moi, & je profite de l'avis du Sage, qui veut qu'on paffe certains écarts.

(Page 9.). Le premier article de cette page, eft de la même trempe que le précedent ; je ne penfe pas qu'ils ayent tenaillé leur cerveau pour en accoucher.

Voyons le fecond article. Mr. Duclos , en divifant les Eaux en froides , tiédes & chaudes, ajoûte dans leur fource. Mr. Le Roi eft donc en faute fur cet article , puifque cette omiffion fait qu'on confond la chaleur des Eaux avec leur faculté ; car on a entendu en Médecine, depuis Galien jufqu'à aujourd'hui , par remèdes chauds , ceux qui le font en puiffance.

Je fçais que Furetière , à l'article des Eaux minérales , s'exprime comme Mr. Le Roi , qui femble avoir copié cet article , tant il aime les vocabulaires ; mais Furetière n'étoit pas Médecin , & ne fe mêloit pas de profeffer la Médecine.

2°. Le *therma* des Anciens, ne fut jamais mis en oppofition aux Eaux froides ; ils entendoient par là quelquefois le Bain chaud , d'autres fois l'Etuve ; cette érudition n'eft point déplacée : mais, que n'en faites-vous parade à votre tour ?

Quant à l'article qui eft à la fin de la neuvième page , vous y répondez très-mal , & le renvoi eft une défaite : Voici l'article 6.

Martiales equidem & fulphurea non ferro tantùm aut fulphure , fed falibus & quoque pragnantes hoc tamen ipfo quod fulphur terramve contineant , diftincta prorsùs à cateris ac propriâ claffe debent pertractari.	Les Eaux martiales & fulphureufes , qui font chargées en même-tems de fer & de foufre, doivent être rangées dans une autre claffe, parcequ'elles contiennent du fer & du foufre.

Je demande maintenant fi ma difficulté fubfifte , & s'il eft queftion dans cet article de terres abforbantes , d'orpiment , de cuivre, & de terres calcarées ?

Ce feroit bien ici le lieu de faire parler ces fubftances, car tout parle aujourd'hui , & de porter jufqu'au Tribunal d'Hermes leurs plaintes légitimes (*l*).

(*l*) M. F. *Profeffeur en Médecine , a fait une manière des Comédie des combats de la ratte avec les autres vifcères, qui fe font arrogés la préeminence.*

Mais, parlons férieufement. S'il eft vrai que vous ren-
voyez à d'autres Traités ce qui concerne plufieurs Eaux
minérales, c'eft mal-à-propos que Mr. Le Roy dit dans
fon *Proemium*, qu'il veut épargner la peine de chercher
des Differtations qui font éparfes.

(Pag. 10.) Le raifonnement de mon Critique porte à
faux. Les ftimulans purgatifs & hémétiques, fecoüent par
fympathie les nerfs qui font à l'interieur ; ainfi, il n'eft
pas néceffaire qu'un médicament agiffe au-delà des pre-
miéres voyes, pour qu'il manifefte fes effets fur les parties
les plus interieures. Quand on ne connoît pas mieux l'action des remédes que ne font mes Adverfaires, on rifque
fort d'être débouté, avec dépens.

Le paffage latin qui eft à la fin du même article, n'eft
pas plus orthodoxe. Il devoit voir dans le même Auteur (*m*)
qù il a pris que les Eaux de Balaruc ne paffent pas dans
le fang ; que les Eaux d'Hieuzet, & même toutes les Eaux
minerales, à quelques Eaux fulphureufes près, qu'il range
dans la matière medicale externe, font purgatives ; & au
lieu de nier cet effet des Eaux, il les auroit diftinguées en
ecoprotiques (*n*) & en phlegmagogues (*o*).

Quant au dernier article, la critique tombe d'elle-même ; le terme de drogue eft là par métaphore, & *Quincy*
s'eft fervi de la même expreffion à l'article de la main d'Homme mort.

(Pag. 11.) Ce que je dis d'Hoffman eft auffi par métaphore. Les Cenfeurs ne fe feroient pas trompés fi lourde-
ment, s'ils n'avoient fubftitué le pronom poffeffif au dé-
monftratif.

Quant aux Apoticaires, c'eft mal-à-propos qu'on les
trouve dans la mêlée ; ils ne diftribuent pas les Eaux ; il
y a même des Gens qui en font la contrebande.

(*m*) *Serane fils. Mat. med. 55.*
(*n*) *On appelle ainfi les purgatifs qui ne vuident que les
matières fécales, comme les Eaux d'Hieuzet.*
(*o*) *On appelle ainfi les purgatifs qui agiffent plus vive-
ment & vuident les glaires. La troifième claffe renferme les
draftiques qui vuident les féroſités infiltrées & epanchees.*

Il faut qu'on leur suppose bien peu de discernement, puis-qu'on veut les attirer par une astuce des plus mal cousues.

Je n'exécute pas mes Ordonnances; mais Mr. Venel tient du tartre stybié dans la poche, à la bienséance du Public. Je dois pourtant une remarque en faveur du bien général, c'est que le tartre stybié de Mr. Venel, qui est préparé à la maniére de Rouelle, est fait avec le verre d'Antimoine, & un poison. Qu'on n'en croye pas à ma propre expérience, mais à celle de Vepfer qui étoit connoisseur en cette matiére.

Passons au deuxiéme article.

Qu'il est fâcheux pour les Docteurs aquatiques, de s'en prendre, faute d'avoir lû, à ce qu'il y a de plus respectable en Médecine ! Pour le coup ils insultent les vivans, & l'esprit d'inspiration qu'ils me supposent est en Mr. Fizes. Je lui renvoye la fusée à démêler.

Le Mercure, dit-il, *est le seul spécifique, parcequ'il n'y a point de corps dans la nature, qui ait ensemble les pro-priétés qu'il a.* Cours de Chymie, pag. 72.

J'ajouterai ici une remarque; c'est que les vrais zélateurs de la Médecine doivent s'opposer au débit & à la vogue des spécifiques, crainte de n'être responsables des désordres qu'occasionnent les Chymistes & les Charlatans (*p*). Que Mr. Venel ne pense point que nous nous laissions fasciner, nos vûës tourneront toujours vers l'utile, & non vers le merveilleux; nous ferons même nos efforts pour prévenir que les jeunes Docteurs ne perdent un tems prétieux à ac-querir un superflu qui est nuisible, & les détourne de la théorie des indications; je veux parler de l'étude de la Chymie qui n'est pas médicinale.

Nous ne cesserons de leur représenter, que sans le soin qu'on a pris dans tous les siècles de foudroyer les systê-mes, la Médecine auroit nécessairement péri, & auroit subi le sort où l'avoient exposée les Arabes.

Nous leur mettrons sous les yeux la semejotique, qui ex-

(*p*) *Inter specifica etiàm recesetur gagatinum oleum, sterilitatis inducenda gratia. Verùm nihil præstat, qui imò est abortivum remedium, hæmorrhagias, ulcerationes internas, subitaneas-que inducens exolutiones.*

C

clud tous les raisonnemens hypothétiques, qui fait le Médecin, & dont la Chymie semble interdire l'étude, par la fureur qui regne dans le siècle, & qui ne sçauroit qu'être condamnée par la postérité.

La Chymie n'apprend même pas, comme il l'a déja dit, l'explication de l'action des remèdes; les manières dont les corps se composent & décomposent en Chymie, n'ont aucune relation avec nos actions intérieures, & la santé & la maladie dépendent de causes si embrouillées, qu'il est impossible que la Chymie effectue jamais la moindre chose en cette partie.

(P. 12.) Mr. Veriel nous demande comment les remèdes chymiques ont retardé les progrès de la Médecine ?

1°. En ce que ces remèdes sont trop actifs, qu'ils donnent trop à l'art & à l'esprit du Médecin, & qu'ils ne donnent pas assez à la nature.

2°. Par l'erreur où l'on a été que la vertu étoit spécifique au remède, tandis que, comme je l'ai déja dit d'après Böerhave, il n'est pas de remède qui porte légitimement ce nom, & que les circonstances les changent en un poison.

3°. Par leur multiplicité, qui a surpassé même cette profusion de compositions qui retardèrent le progrès de la Médecine du tems des Arabes.

4°. Par l'erreur commune d'attribuer aux remèdes, des vertus qu'ils n'ont pas. J'en ai donné ailleurs des exemples, & j'en fourniriois des chyliades.

S'il veut d'autres preuves, qu'il lise le Brigandage de la Médecine d'Hecquet, Harvei, Bohinius, & tant d'autres.

Est-ce que je dis que le sel sédatif est émétique ? je dis qu'il est indissoluble, & qu'il procure le vomissement parcequ'il fatigue. Le Sirop de Chicorée, comme le remarque Böerhave, produit aussi quelquefois le même effet. Que cette critique est judicieuse !

La fin de cet article est ce qu'on appelle un vrai bavardage. Je ne sçais pas, disent-ils, que l'antimoine diaphorétique est diaphorétique. Je dis qu'on croit qu'il est diaphorétique, & que cependant il n'a aucune vertu ; quelques Chymistes s'en sont même apperçûs: ils ont dit qu'il est refractaire, & ne se laisse dissoudre ni par les acides ni par les alcalis, qu'il n'augmen-

te pas la force du pouls, qu'on le trouve avec les déjections.
C'eſt bien ici le lieu de dire : *O præclarum caput ! utinàm ce-*
rebrum haberet !

L'antihectique de la poterie & le ſel ſédatif ſont dans le
même cas. Un jeune Artiſte me diſoit hier, que c'étoit le
ſentiment de M. B . . Profeſſeur en Chymie.

A l'autre article.

Si nos Docteurs connoiſſoient le peu d'uſage qu'on fait
aujourd'hui des préparations qui ſont dans le Diſpenſatoire
de Lemery & de Quincy, dans Fuller, dans le Codex, ils
n'auroient pas épilogué ; d'ailleurs, je parle de la Pharmacologie théoretico-pratique que Carthuſer a comme ébauché.

La fin du même article eſt une rapſodie. On ordonne la
pluſpart des remèdes chymiques par grains, & le moindre
ſurcroît de doſe influë ſur la vie du Malade, comme on l'a vû
très-frequemment ; auſſi ne prend-on ordinairement les
remèdes chymiques que de la main du Maître ; & ces remèdes
ſont appellés par Freind, remèdes en petit volume, *medi-*
camenta contracta. Il n'en eſt pas de même des galeniques,
20 ou 30 grains de plus de manne, de confection alkermes
ne font pas une difference eſſentielle.

D'ailleurs, a-t'on ſaiſi le ſens de ma propoſition ? Je dis
qu'il ſeroit néceſſaire que dans l'emploi des remèdes on fit
attention aux préparations pharmaceutiques, comme p. e.
à la levigation, à la diſſolution. C'eſt encore le lieu de faire
voir à nos Cenſeurs, qu'ils ne ſçavent rien moins que ſaiſir
le ſens de ce qu'ils liſent.

2°. Les remèdes pharmaceutiques ne comprennent-ils que
la galenique ? Autre erreur par inadvertance. Quelle judiciaire, Grand Dieu ! A quelle forte Partie ai-je affaire ?

L'article qui eſt au bas de cette page, eſt une de ces four-
beries dont perſonne n'eſt la dupe ; quand on ſe mêle d'écrire,
il ne faut rien tronquer : on a omis aprés mercure doux,
bien levigé ; or, la lévigation eſt une opération pharmaceutique ; ainſi, la critique n'eſt appuyée que ſur les deux mots
qu'on a eſcamoté.

Voyons le reſte. *J'ai raiſon ſi un gros de mercure doux*
peut guérir des maladies rebelles, s'il ne fait qu'une doſe :
mais cela n'eſt pas ſi l'on donne un gros en trois ou quatre

doses ; voilà le sens de leur critique ; mais, si jai raison je n'ai pas tort : cependant, comme ils n'ont pas compris ce qu'ils ont compilé, je suis bien-aise de leur faire remarquer que les anciens Médecins usoient de drastiques dans les maladies paraphrenetiques & asthritiques, que Sydenham en ordonnoit aussi dans la gonnorrhée ; que ce même Sydenham a démontré que ces remédes ne faisoient que déguiser la maladie, & qu'elle reparoissoit ensuite avec plus de violence ; qu'il n'appliquoit pourtant pas ses observations à la gonnorrhée, par je ne sçai quelle jalousie contre les Médecins de Montpellier : mais tous les *Homères* sont sujets à dormir, & chaque homme, comme l'on dit, a son coin.

Pour faire voir à nos Docteurs que je puis citer des autorités pour confirmer mon sentiment, je leur mettrai en avant Vansvieten, qui prétend que si on avoit le sécret de faire passer demi dragme de mercure de maniére à pénétrer entiérement dans les capillaires, on guériroit la verole la plus rebelle. J'aurois encore cent & cent autorités à rapporter.

(P. 13.) Je rapporte le fait tel que Mr. Fizes l'a observé, & je joins le mot peut-être: ainsi, que ce soit un cas particulier ou non, cette observation ne prouve-t'elle pas que les prépations, & la maniére d'administrer les remédes, peut faire varier leur effet? car, par le moyen des frictions, auroit-on guéri cette maladie en si peu de tems ? Les Ecrivains associés sont de fréquentes échapées.

Quant au sécond article, si nos Hypercritiques avoient observé que le kermes mineral a une vertu corrosive, ils n'auroient pas nié ce fait : ce reméde est si puissant, qu'à la dose d'un grain, il secoue & excite un vomissement qu'il est souvent trés-difficile d'arrêter; & on voit des symptômes lypiriques pendant l'action de ce reméde.

(P. 14.) La preuve que nos Sçavans ne sont pas susceptibles de réfléxion, c'est le sens qu'ils ont donné à ma proposition.

On a négligé, ai-je dit, la *pharmacologie - pratique*, & *peu des remèdes magistraux égalent le diascordium*, &c. Un *cependant*, sous-entendu, après la conjonction, explique tout le mistére, & je défie de prendre le sens de cette phrase différemment. Ainsi, je ne dis pas qu'on se sert peu de ces préparations , mais tout au contraire.

Dans le même article, ils confondent la pharmacologie-pratique avec la galenique , qui n'en est qu'une partie. Voilà de mes Docteurs : qu'ils lisent la Matiére Médicale de Mr. de L.... Professeur de cette Université, & ils décideront s'ils sont de la trempe à s'ériger en Controversistes.

Quant à l'article qui est à la fin de cette page , il seroit nécessaire que ces Mrs. se fussent expliquez sur ce *perit ioribus viris* , & qu'ils nous les eussent faits connoître ; car si ce ne sont pas les Baigneurs , Mr. Le Roy les a tout au moins érigés en Médecins , jusqu'au point d'en reformer quelque fois les Ordonnances , art. 173.

Mais que le Lecteur fasse attention à ce terme qui précéde sçavoir ; *colloquiis*. Il me semble que les jeunes Médecins ne se sont jamais instruits par des Conférences , & que les Médecins écrivent. Ce passage ne peut être d'ailleurs appliqué à Mr. Venel , ni à son Compagnon de voyage, car il ne sçauroit être donné à tous les jeunes Docteurs de conferer avec eux.

Pour les invectives, j'en fais le cas qu'on doit en faire ; ils n'avoient pas de bonnes raisons à dire, & il falloit remplir la feüille. Qu'ils continuent , pour moi je profite de l'avis de Tacite : *convitia spreta exolescunt si irascare agnita videntur*.

(P. 15.) Passons à la latinité.

Est-ce que le sens de l'art. 190 n'est point isolé ? Que le Lecteur en juge par l'échantillon qu'ils nous en donnent ; *paulò frequentiorem* , est à une toise du que rélatif. C'est une question de fait ; ainsi, que le Procès soit remis au Juge.

Quant au second article , Mr. Le Roy ne doit pas connoître la valeur des termes ; *non facilè venias*, ne signifie point éviter , mais se servir avec quelque peine ; c'est donc une querelle d'*Allemand* ; les invectives resteront pour leur compte.

Que les habiles Médecins se servent ou non de l'étuve, c'est ce qu'il ne convient pas d'examiner sous ce point de vûë, crainte de n'entrer dans quelque personalité ; mais les Mrs. du Sindicat veulent-ils soûtenir le parti? Ce sera sans-doute quand les remarques leur seront venuës de Leyde.

(P. 16.) Le passage que Mr. Le Roy nous met ici sous les yeux , est une preuve évidente qu'il ignore les noms des maladies, puisqu'il employe des periphrafes; nous lui dirons donc, qu'il entend parler du *caligatio Celfi*, dont les modernes font une efpèce de fuffufion.

La querelle qu'il nous fait est très-mal fondée.

En premier lieu, il est des cataractes où les yeux font vitrez.

En fecond lieu, je me referve à lui démontrer qu'il a prononcé que certaines Eaux minérales conviennent pour diffiper la cataracte; mais ce fera au revoir, car la feüille doit être remplie d'autres articles que je crois effentiels.

Puifque Mr. Venel s'est mélé dans la difpute, je penfe qu'il est de fon honneur de foûtenir les droits de la Chymie, & qu'il nous faffe connoître fi elle est liée à la Médecine différemment de ce que j'ai établi; car il convient d'éclaircir la question.

S'il repond, & qu'il prenne tout autre parti, il n'a qu'à entonner nous le fuivrons, & le stile de Rabelais qu'il m'a fait déja annoncer est affez de ma portée; qu'il le confulte cet Auteur fi vrai, & il verra que fon opinion est, que la plufpart des remèdes chymiques guériffent par *Chanfons*.

Mr. Venel nous permettra, en attendant qu'il lui plaife de s'expliquer, de défabufer le Public de la Chymie, en nous fervant des armes qu'il nous prête. Il avoüe dans fon Mémoire fur les Eaux de Selz, que l'analyfe n'a fourni que *peu de connoiffances fur la compofition des Eaux; que l'art est peu avancé fur cette partie de fon objet; que les procedez ne font qu'indiquer par des effets fouvent équivoques, quelques principes des Eaux minérales, & que s'ils en mettent quelques autres fous les fens, c'est quelquefois après avoir dérangé leur compofition:* (q) & comme l'on pourroit croire que Mr. Venel en a plus avancé, nous remarquerons que le Secrétaire de l'Académie, portant fon jugement fur les deux Mémoires de Mr. Venel, prononce au nom de l'Académie, que ces deux Mémoires doivent être reduits *à des idées*, par confequent à de la fumée.

Pour juftifier ma critique aux yeux du Public, je fuis obligé de cenfurer quelques autres articles de la Brochure de Mr. Le

(q). *Mem. des Etrang. tom. 2....la Société des Sciences revendiquera dans peu les fiftêmes aëriens de Mr. Venel.*

Roy , fur lefquels je mettois tû , crainté de lui nuire

Il y tend à procurer de nouveaux maux, à exciter la fièvre , comme fouverain remède de certaines maladies d'atonie, fiftême qui n'eft pourtant pas à lui , rélativement à l'ufage des Eaux , quoiqu'il paroiffe fe l'attribuer , & qu'il a copié d'une Thèfe imprimée à Paris il y a environ 2 ou 3 ans.

Pour mettre les jeunes Docteurs au fait de la queftion, j'entre dans quelque détail.

Hypocrate , & long-tems après Sydenham , (car il faut faire peu attention aux autres Auteurs qui ont fuivi le torrent de cette doctrine) penfoient que la fièvre eft , felon l'expreffion de *Staalh* , l'effet d'un principe actif dirigé contre la matière morbifique , & qui tend à la guérifon du malade ; & parmi ceux qui fuivoient cette aitiologie, les uns, comme *Staalh*, reftoient les bras croifez pendant ce combat , où tâchoient d'enlever certains obftacles qu'ils penfoient être oppofez aux vûes de la nature ; & les autres , Sydenham à la tête , ne gardant de cette définition que l'apparence (r) , agiffoient comme fi la fièvre étoit une maladie réelle , tendante à la deftruction de la vie. Mr. Fizes s'étant apperçû du peu de connexion de la doctrine de Sydenham avec fa pratique , appuyé fur une experience de près d'un demi fiécle,& fur celle de fes Predeceffeurs , & fur des fuccés qui lui ont attiré les fuffrages de toute l'Europe, a renouvellé la théorie de Lommius (s) , & a lié la pratique de Sydenham avec la veritable doctrine ; il a démontré que la fièvre eft un feu qui confume, un cauftique qui détruit le tiffu des parties,& qu'elle occafionne fouvent l'engorgement & la gangréne.

Mr. Le Roy, trop inappliqué pour diftinguer ces théories,en a fait un mélange confus , & reçoit par fois le fentiment de la fièvre dépuratoire , rélativement à l'ufage des Eaux ; fans doute qu'à l'exemple du Docteur dont il a puifé, il procure des nouveaux maux ; je dis fans doute ; car qui affureroit après les échantillons que nous avons vû de lui , qu'il a une doctrine fûre , & qu'il ne flotte pas de pratique en pratique , comme il

(r). *Mr. Freind s'eft apperçû le premier , que Sydenham ne pratiquoit pas felon fes propres principes.*

(s) *Lommius l'avoit puifée dans Celfe.*

fait de fiſtême en fiſtême ? (ſ).

Mais, pour éviter les ſuites fâcheuſes de cette doctrine, j'a-verti s les jeunes Docteurs, que lorſque la fiévre ſurvient pen-dant l'uſage des Eaux, il faut ſuſpendre, & la traiter comme maladie de complication; ce n'eſt point que le Malade ne puiſſe guérir, quoique la fiévre ſurvienne, mais il n'y a pas de connexion entre la maladie premiére, & la ſecondaire.

À l'art. 145. Mr. Le Roy enſeigne une doctrine auſſi dange-reuſe que l'aconit; il n'attribuë d'autre effet aux bains thermaux de Balaruc, p. ex. qu'à ceux d'eau commune (le degré de cha-leur étant le même); cependant on ſe ſert journellement dans la paralyſie des bains domeſtiques avec l'eau de Balaruc, & avec les décoctions aromatiques, où les bains d'eau commune feroient pernicieux.

Qu'on me permette quelques réflexions : je manquerois au devoir de Citoyen, ſi je ne combattois des doctrines qui in-fluent ſur la vie des Hommes, & je ſerois indigne du grade dont je ſuis revêtu, ſi je ne prenois le parti de la Médecine.

Je paſſe ſous ſilence l'uſage des martiaux dans les tems du ſpaſme, l'acüeil que fait Mr. Le Roy, au fiſtême de la fiévre locale, & autres principes erronez.

Venons en à ſa Chymie, & à l'hiſtorie de la Médecine.

Toute la Chymie de Mr. Le Roy ſe reduit aux élemens de Macquer, qu'il a par fois tranſcrit, *vide art. 33. ad 61.* il ig-nore la plûpart des principes de l'Art, quoiqu'il en faſſe parade, car il confond la baſe de l'alun avec celle de la ſele-nite.

Quant à l'hiſtoire de la Médecine,

Il y eſt étranger, témoin cette fourmiliére de citations & d'Auteurs qu'il regarde comme originaux, & qui ne ſont que Copiſtes, & à qui Mr. Le Roy pourroit pourtant bien faire ſa cour pour avoir du reciproque.

Mais où a-t'il vû que Springefeld a découvert le bitume artificiel ? L'efferveſcence de l'huile de thérebentine avec l'eſ-prit de vitriol martial, & le reſultat de ce procedé étoient con-

_____

(ſ) *Le fiſtême de Mr. Le Roy ſur l'eſprit élaſtique, diffère par fois de celui de Mr. Venel.*

nus

nus de Silvius & de fes Prédeceffeurs.

L'avant-propos de Mr. Le Roy commence par une période qui (quoique miellée) (*t*) , anonce le peu d'étenduë de fes connoiffances.

Il y attribuë la connoiffance des Eaux médicinales, aux anciens Médecins Grecs , (*remotis Medicina temporibus*), tandis que ce ne fut que vers le tems des Empereurs Romains , qu'on fit ufage des bains chauds fulphureux,&des Eaux froides de Cutilie (car on n'en connoiffoit pas d'autres) & principalement de ceux d'Apon, dont nous a donné une belle defcription le Poëte Cl. & qui étoient encore trés-frequentes lors de l'invafion de Théodoric , Roi des Goths , en Italie.

Mais fans aller fi loin , notre Docteur n'auroit-il pas penfé que les Eaux dont nous ufons ici à Montpellier , & que l'on y tranfporte font connuës (*à remotis Medicina temporibus*) ; celles de Balaruc ne furent pourtant découvertes que fous François I. celles de Vals & de Meine , peu de tems avant Lazare Riviére ; celles d'Hyeufet au commencement de ce fiécle, & celles d'Alais ou de Daniel, depuis moins du tems.

En voilà affez pour repondre à leur libelle ; j'efpere que s'il refte quelque autre doute , mes Adverfaires me feront l'honneur de me le communiquer, afin que je me juftifie , & leur démontre que je ne pretends pas qu'ils en croyent à ma propre expérience, que je ne penfe pas avoir l'efprit d'infpiration.

Mr. Le Roy me permettra de lui donner un confeil (pour ufer de reprefailes) c'eft de faire fa retractation , & de rentrer en grace avec Efculape ; je n'ai pas befoin de lui dicter la formule de la fupplique, fon ami Mr. Venel lui aidera à la conftruire, car il paroît être au fait. (*u*).

Hypocrate n'avouoit-il pas fes fautes , & Boërhave ne l'a-t-il pas imité ? Je fens qu'il en coûte pour être depouïllé de cet appareil de Chymie, de mots barbares & d'hypothéfes ; mais

_____

(*t*) *Medicati* Fontes, *philiatri chariffimi , etfi divinis propè modùm effectibus , à remotis Medicina temporibus , haud parùm celebritatis habuerint.* Proemium.

(*u*) *Voyez la Lettre hypercritique ; pag.* 4.

plus le facrifice fera coûteux , plus il fera honorable d'avoir triomphé de foi-même.

Qu'il abandonne donc ce tiffu de reveries métaphyfiques , ces explications hazardées , où l'on ne trouve que le plaifir de la difpute & de l'efcrime ; & qui deshonorent la raifon pour s'élever fur les aîles de l'efprit ; qu'à l'exemple des vrais Médecins, il cherche la Médecine dans l'obfervation & dans l'analogie , fans vouloir même détruire les fubtilitez par lefquelles on cherche de l'obfcurcir , qui ne valent pas le tems qu'on mettroit pour en trouver le deffaut, & qu'il rabatte de fon ton fententieux.

Pour Mr. Venel, fon fiftême fur le principe *aëré* , qu'il fuppofe agir dans les Eaux de Selz , eft infoûtenable ; car puifque la fecouffe & la chaleur moderée des Eaux fuffit pour le diffiper , il ne pourroit penetrer dans les vaiffeaux du chyle , la chaleur de l'eftomach fuffuroit pour l'évaporer.

Nous avons dit que le mouvement des principes actifs & l'union , fuffifoit pour exclure cet air , & cela d'après plufieurs expériences, par lefquelles on prouve que les acidules contiennent des principes de nature oppofée, qui n'étoient point unis, & qui fe combinent lorfqu'on expofe les Eaux au feu , ou qu'on les fecouë.

Mr. C...... fameux Médecin , nous propofa 2 à 3 queftions aufquelles nous fommes bien aife de répondre.

Ne devons-nous pas à la Chymie la prééminence de notre matière médicale , fur celle d'Hypocrate qui manquoit de remèdes ?

R. Notre matière médicale a été enrichie plûtôt par la découverte que firent les Arabes des minotatifs , & par la découverte de l'Amérique qui nous a donné le Kinkina, l'Hypécacuana , la Cafcarille , &c. Il eft vrai que la Métallurgie nous a fait prefent du foye d'Antimoine , dont nous compofons le Tartre ftybié, mais c'eft un feul remède, qui même eft devenu moins pretieux , depuis la découverte de l'Hypecacuana.

Sans doute que Mr. Linnæus a regardé la découverte du tartre ftybié, comme un affaire de hazard , lorfqu'il a dit que la Chymie a cherché des remèdes , mais inutilement.

2. Les Diaphoretiques ne conviennent-t'ils point dans les

fièvres (x) d'épaississement en qualité de discussifs ?

R. Il faudroit prouver que les Diaphoretiques divisent le sang dans la fièvre ; on croit pourtant aujourd'hui, d'après des observations repetées , qu'ils le durcissent ; il n'en est pas de même dans le cas de vapidité & d'inertie ; ils y font l'effet de résolutifs.

3°. La Chymie n'a-t'elle point donné la connoissance de cette dégéneration du sang , de cette alcalescence , de Boërhave , qui fait les maladies aiguës ?

R. Rien n'est moins reçû que ce sistême , & aucun fameux Praticien ne s'en sert pour expliquer la chaleur febrile ... ils reconnoissent tous, dans les maladies aiguës , l'engorgement qui doit fixer nos attentions , & qui est la cause la plus ordinaire de la mort.

2°. La chaleur animale ne suffit jamais à alcaliser les sucs animaux, & Boërhave fait en ce cas du Corps humain un fourneau de Chymie.

3°. Si le sang prenoit cette constitution , il ne recouvreroit plus sa premiére tempérance , & les dépôts fébriles ne seroient jamais loüables.

4°. La fiévre seroit toûjours la cause d'une nouvelle fiévre , elle iroit au *nec plus ultra* , il n'y auroit jamais de cure spontanée , & la nature seroit un phantôme chez les Médecins.

5°. Les décoctions des jeunes Animaux seroient contraires dans les fiévres ardentes ; ce qui est contre toute expérience.

Il seroit à souhaiter que les Sectateurs de Boërhave prissent la peine d'expliquer d'où vient que le sang prend quelquefois la constitution coëneuse , & qu'il est d'autres fois bilieux , & répondre aux questions qui concernent cette partie : quand on connoît le principe , on doit sans doute expliquer les effets.

Encore un mot (Messieurs du Concordat) à Vous qui me faites écrire la fluance pour l'affluence (*vide* la Lettre hypercritique p. 10.)

_____

(x) *On reconnoît 7 à 8 espèces de constitutions du sang qui peuvent occasionner la fièvre ; l'épaississement dont il est ici question , est ce qu'on appelle constitution phlogistique , le sang est alors coëneux.*

Vous êtes surpris, dites vous, que je vous aye pris à tâche ;
vous ne m'avez rien fait.

Mais l'Ecole de Cnide *avoit elle fait quelque chose* à Hypocrate mon guide? Themison avoit il pû nuire à Galien? Fernel
avoit il de l'animosité, lorsqu'il décocha des traits contre ceux
qui débitent des balivernes & des sistêmes dans les Ecoles de
Médecine (*y*) ?

Je termine cette Lettre en vous témoignant le plaisir que je
ressens d'avoir prévenu

> . . . . . *qu'un coup de fortune*
> *Ait aporté sur vos bords ,*
> *Le nom de l'Enchanteur qui* parle *avec les Morts ,*
> *Et qui* vous trouve *dans la Lune* (*z*]. Font.

Et vous assure (*sans plaisanterie*) que je suis & serai
inviolablement,

Votre trés-humble & trés-obéïssant
Serviteur.

(*y*) *On est surpris que les Médecins s'amusent aux farces de*
Molière ; mais Molière a-t'il rien fait que n'ayent fait les Hec-
quet , les Gedeon , Harvei ? & a-t'il attaqué la Médecine ou
les Médecins ? N'a-t'il pas saisi un ridicule ?

(*z*) *On le verra dans le nouveau G......*

ERRATA POUR L'EXAMEN.

Pag. 3. Lomnius , *lisez* Lommius.
Pag. 6. l'Abbé Duclos , *lisez* l'Abbé Dubos.
Pag. 40. Brodeu , *lisez* Bordeu.
Pag. 41. de sentimens , *lisez* de leurs sentimens.
Pag. 42. Anatomie... Didier , *lisez* Verdier.
Pag. 46. Foubert , *lisez* Fauchard.
Enfin , dans la Lettre hypercritique , *mettez* Sydenham ,
au lieu de Sydenam.

www.ingramcontent.com/pod-product-compliance
Lightning Source LLC
Chambersburg PA
CBHW070808260626
47161CB00006B/2200